獣人公爵のエスコート

雪兎ざっく

ZAKKU YUKITO

ノーチェ文庫

登場人物紹介
ジェミール
アンドロスタイン公爵。
狼の獣人で将軍。
番であるフィディアを
見つけてから恋心が暴走中。
フィディア
カランストン男爵家の一人娘。
貧乏な男爵令嬢だったが、
憧れの獣人公爵ジェミールから
番だと告げられ人生が一変する。
ジェミールに超溺愛されている。

ユキア
アンドロスタイン公爵家の使用人。フィディアの専属侍女。何かと暴走するジェミールからフィディアを守る。
ソニア
カランストン男爵家の使用人。ライアンの妻。フィディアを孫のように可愛がっている。
ライアン
カランストン男爵家の執事。ソニアの夫。少々慌て者の一面も。
クイン
ジェミールの部下で副官。真面目な性格だが、ジェミールだけには容赦なく物を言う。
ライ・カランストン
カランストン男爵。フィディアの父。穏やかで優しい紳士。

目次

獣人公爵のエスコート

ロマンヌ王国は、もうすぐ社交シーズンを迎える。

各地の領主が王都に集まり、社交シーズンのためのドレスを買い求める。

フィディア・カランストン男爵令嬢のもとに届けられたドレスも、その中の一着だ。

フィディアは、仕上がったドレスを見て、目を輝かせた。

「なんて素敵なの……！　お父様、ありがとうございます！」

フィディアの笑顔を受けて、父は穏やかな笑みを浮かべた。

「喜んでくれてよかった」

フィディアは、今年十八歳。

来週、同じく成人を迎えた令嬢たちが城に集まり、社交界デビューを祝う舞踏会が開かれる。

そのために、フィディアは新品のドレスを作ってもらった。

濃緑の光沢がある生地が流れるようなラインを作り、腰のあたりからチュールを重ね、ふんわりと広がるようになっている。白いレースが広く開いたデコルテを上品に飾って、女性らしさを強調する。

ドレスなんて数着しか持っていないけれど、それらと比べても段違いで一番美しいドレスだ。これを着て城で踊るのだと思うと、胸がどきどきと高鳴り落ち着かなくなってしまう。

「ああ、どうしよう。待ち遠しいのに、もう来週なのだと思うと不安にもなってしまうわ」

フィディアは、そう言いながら、胸を押さえてドレスを見上げている。

その娘の様子に、父はほうっと安堵の息を吐いた。

カランストン男爵家は、貧乏だ。

広い広いロマンヌ王国の中の、どちらかといえば王都に近い小さな小さなカランストン男爵領。

その小さな領地で、農民とほぼ同じ生活をしている。

平民であれば必要のなかった出費があるせいで、少し裕福な平民よりも、さらに貧乏かもしれない。そこらの庶民並みの生活費で、無駄な屋敷を維持し、時には華やかな衣装を着なければならないので、生活はいつも苦しい。

それでも、娘のデビューには『綺麗な服を着せてあげたい』と、男爵夫妻が準備した、とっておきの一着だった。

フィディアは無邪気に喜んでいるが、品質はそれほどいいものではない。高級品を見慣れた貴族ならば、近づかなくても、質の劣った布であると分かってしまうだろう。宝石だって、一つも縫い付けられていないし、アクセサリー類も買ってはもらえない。

それを、フィディアは分かっていた。

両親が自分のデビューのために倹約を重ねて、お金を準備してくれたことを。

彼らが、思ったようなドレスを仕立てられなかったと罪悪感を抱いていることも、もっと宝石を買ってあげられたらと考えていることも全部分かっていた。

何より、その気持ちが嬉しい。

両親からの想いが詰まったドレス。これ以上に素敵なものがあるだろうか。

「お父様、お母様。ありがとう」

フィディアはもう一度、両親の顔を見ながらお礼を言った。

同じように、自分たちの気持ちを分かってくれている娘の嬉しそうな表情を見ながら、両親も憂いを捨てて微笑んだ。

舞踏会当日。フィディアは父にエスコートしてもらう。

母は、体調不良のために欠席だ。……本当は、自分の着るドレスのお金を、全てフィディアのドレスにかけてしまったせいだと知っている。

朝から慌ただしく髪も肌も磨いて、今日ばかりはフィディアの仕事はお休みだ。その代わり、カランストン家の数少ない使用人であるソニアが忙しくしているのを横目で見ながら、申しわけなく思う。

フィディアが気にしているのを感じ取ったソニアが、満面の笑みを浮かべる。

「そんな顔しなくていいんですよ！　今日はめいっぱいオシャレしてくださいな！」

最近、さらに丸くなってきた体を揺らしながら、ソニアは洗濯物を抱えて言った。彼女はフィディアが小さな時から勤めてくれており、二人目の母のような存在だ。

ソニアが言ってくれたように、フィディアは鏡に集中することにした。

濃緑のドレスを着て、鏡の前に立つ。そこに映るのは、どこにでもいる街娘。取り立てて美しいわけでも秀でた能力があるわけでもない平凡な、貴族には見えない令嬢だ。

フィディアの髪は薄い茶色だ。光に透かせば、金色に見えないこともない中途半端な色。母の強い希望で長く伸ばしているけれど、ふわふわして、絡まりやすくて、作業には邪魔でしかない。瞳も、髪と同じ茶色。特に珍しくもない。

だけど、その娘は今、朝から磨き上げられて美しく変身するのだ。

「さあ、仕上げよ」

フィディアの髪や化粧は母がしてくれた。ふわふわして纏まりにくい髪の毛を、器用に結い上げて、一部を後ろに垂らす。薄い茶色の髪が顔の周りで柔らかく揺れて、フィディアの小さな顔を強調する。

まだ幼さが残る丸い顔に、丸い目に丸い鼻。それが、母の手にかかると、少しだけ大人びた顔つきに変わる。

いつもと違う自分に、フィディアは頬を染めて鏡の中の自分と見つめ合った。

フィディアを美しく着飾らせて、母はにっこりと微笑む。

「とても綺麗よ。今日、あなたには求婚相手が連なってしまうでしょうね」

「ふふ。そうなったら、お父様がイライラして倒れてしまわれるかもしれないわ」

母の言葉に返しながら、フィディアは自分に求婚する男性はいないだろうと思っていた。

狭い領地で平民と肩を並べて農作業をし、同じだけの賃金を受け取る。それが父の領地の治め方だった。

今は、フィディアのデビューのために王都に出てきているが、普段は田舎の農民と変わりない。

王都から馬車で二日ほどの、遠くも近くもない、小さな領地だ。

川が流れ、豊かな自然があると言えば聞こえはいいが、ほとんどが農地の田舎である。

収入も少ないし、今後増える見込みもない。

商人の通り道にはなるけれど、立ち止まるような宿がある場所でもない。

本当にただただ、農作地が広がっているだけ。

今後、領地経営は立ち行かなくなり、近隣の領地に吸収されることが窺える。

カランストン男爵家は、それでも構わなかった。

唯一求めることは、領民に今まで通りの生活を。

それができれば、爵位なんて必要がない。今まで通りに臣下として王に従い、今後は領民として生活するだけのこと。

そう言ってはばからない、貧しいカランストン男爵家の一人娘を、貴族たちが望むとは思えなかった。嫁ぐとしても、持参金も多くは準備できない。

フィディアは、結婚相手は貴族ではないだろうと考えている。領民の、できれば少しだけお金持ちで、屋敷を維持できる方だったらいいなと思うくらいだ。

だけど、両親が娘をデビューさせたいと望んでくれるのなら、一生に一度くらい綺麗なドレスを着て舞踏会に出てみたい。

——小さな夢を抱いている。

舞踏会に出て、素敵な方と一度だけでいい。ダンスを踊るのだ。

貴族令嬢としての教育は、母からしてもらっている。それを、少しだけ実践してみたい。

脳裏に思い描くのは、公爵閣下——ジェミール・アンドロスタイン。二十五歳という若さで将軍位を与えられ、公爵位を継いでいる。

オオカミの獣人である彼は、王国軍を率いる将軍でもある。

何年も平和が続いているので、軍が直接動いているのをフィディアは十歳の時に一度だけしか見たことがない。

彼は、当時十七歳という若さで軍を編成し、前線に立ったのだという。圧倒的な強さで、反逆を企て城に攻め入った王弟を退けた。

そして、内乱に陥りそうだったこの国を、あっという間に治めたのだ。

王都で内乱が起こったというのに、カランストン男爵領には、戦火は全く及ばなかった。仮にも王弟が準備をして、簒奪を企てたのだ。どれだけの大きな被害になるかと懸念した途端、内乱は鎮められた。

王弟の準備した軍は、ジェミール率いる王国軍に全く歯が立たなかった。

オオカミの特性なのか、彼の統率力は他の追随を許さない。今日の平和も、彼がいるからだ。

ただ、内乱が終わっても、情勢不安はすぐには治まらない。

だからこそ、末端ではあるが、貴族として改めて王に忠誠を誓うために、フィディアたちは王都に赴いた。

そこで、兵士を率いる彼を遠目に見たのだ。

ジェミールは光り輝く銀色の髪に、黒い瞳をした美丈夫だ——と聞いている。

実は、遠かったせいで、銀色の髪しか見えていない。

フィディアが知ることができるのは、ジェミールの噂話ばかり。

背が高く、逞しく、オオカミの耳と尻尾を持つ。いつも厳しい表情をしており、その視線は全てを見透かすよう。どんな美女から言い寄られても笑みさえ浮かべない。彼が微笑むのはどんな時なのか——

女性が聞く噂話なんて、こんなものだ。だけど、年頃の少女に夢を見せるには充分な内容だった。

ジェミールは獣人だ。獣人は番を求める。番だと彼に認知されれば、身分も関係なく、彼は膝をついて、番の愛を求めるだろう。

自分が番として求められたら――なんて、夢を見るのだ。

この世界における獣人の数は、人間に比べて圧倒的に少ない。

ただ、彼らは例外なく優秀で、国の中枢を担う役職を任されることが多い。つまり、田舎の貧乏な男爵令嬢であるフィディアには、縁のない場所で生きている。

そもそも番というのも、現実的なことなのかどうかすら分からない。世界に一人だけしかいないとしたら、会えないまま一生結婚できないかもしれないではないか。

獣人が番を捜して旅をするなんていうのも、物語の中でしか聞いたことはない。

実際に高い身分にいる獣人たちは、中央で仕事をしていて、ジェミールだって田舎の方まで来てくれることなんてなかった。番を捜し歩いている様子なんてない。

だから、番なんていうのは空想の産物。そんなことは暗黙の了解だ。

――だからこそ、夢を見るのだ。

自分がジェミールに愛を乞われている姿を。

美しいお城で、ジェミールが跪き、うっとりとこちらを見上げる。誰も見たことがない微笑みを向けて、フィディア一人だけに愛を囁くのだ。あなた以外見えないと――

現実に、自分が唯一無二の存在になれるだなんて考えてはいない。いないけれど、夢を見るくらいは許してほしい。貧乏で、領内を駆けずり回っているフィディアだって、年頃の女の子だ。

一度だけでいい。お会いしてみたい。

今日を逃せば、きっと、一生そんな機会はないだろう。

この舞踏会が、彼を間近で見ることができる唯一のチャンスなのだ。


まだ早いのでは？　と思いつつ、父から急かされて夕方に出発した。

結果、城までの道はすごい渋滞だった。早く出てきて正解だ。時間に余裕があるのは嬉しい。

美しく飾った馬車が列をなし、中からチラチラと美しい扇子が見え隠れする。きっと、中にいる女性たちは、さらに美しい装いなのだろう。

警備の制服をピシリと着込んだ人たちが、次から次へと馬車をさばいていくのだが、中には何かを訴える人もいるようで、列は遅々として進まない。

「すごい人ね」

「毎年のことだからね。まあ、どうせ抜かされることもあるから、のんびり待とう」

父は馬車など持っていない。だから、馬車を借りて、男爵家の紋章を間に合わせにつけて向かう。徒歩で行った方が早いが、貴族が徒歩で城に行くなどあってはならないことらしい。

そんな貧相な馬車なので、あからさまに端に寄せられて抜かされていく。

みんな、できるだけ早く会場に入りたいのだ。

この調子では、この馬車は最後尾になりそうだと、フィディアは力を抜いて背もたれに寄りかかった。


ようやく馬車が城に到着し、門を入ったすぐのところで止められ、降りるように促される。本当に最後になってしまったようだ。

すでに夕闇が過ぎ、月が出そうになっている時間帯だというのに、城内は煌々(こうこう)と明かりで照らされ昼のように明るい。

松明(たいまつ)の炎が反射して、広い石畳に埋め込まれたいくつかの石がキラキラ光っている。

両脇には美しく整えられた低木が並び、その先には色彩と音楽が溢れる舞踏会の会場がある。

フィディアたちは遅くなってしまったと思っていたが、周りはまだ会場に入っていない人たちで溢れている。

どうやら、着いた途端、慌てて会場に向かうのはよろしくないようだ。余裕があるように見せて、ゆったりと歩かなければならないらしい。

「用事がないなら、会場にすぐ入ってはどうかしら」

「それが、高位の方から入るというのが暗黙の了解でね」

なんと、面倒くさい。

馬車で渋滞に巻き込まれ、馬車を降りてからも無駄にこの辺を彷徨うのか。

面倒だと表情に表す娘に苦笑を向けながら、父は肩をすくめてみせる。

「それぞれのルールを守れば、居心地がよくなるんだよ。だったら、ルールは守った方がいいだろう?」

長い石畳をゆったりと歩きながら父が言う。

今でこそ、礼服に丸い体を包み、恰幅のいい貴族に見えるものの、普段はのんびりした田舎のおじさんだ。領内では農作業に勤しんでいるが、こうして、その場にふさわしい立ち居振る舞いを自然に教えてくれる父を、フィディアは尊敬している。

まだ会場には入れないようなので、フィディアは諦めて、ぐるりと周囲を見渡す。

会場へと続く階段はたくさんの花が飾られ、華やかに彩られている。

そこをゆっくりと歩いていく貴婦人たちは、どれほど眺めても飽きないような気がする。

まあ、これはこれで、美しいものを愛でている有用な時間という気もしてきた。

しばらくすると、人もまばらになってきた。そろそろ会場に向かってもいいだろうかと思っているところで、声をかけられた。

「失礼します」

会場を警備している衛兵に呼び止められた。

フィディアと父が振り向くと、フィディアと同じ年くらいに見える衛兵が頭を下げていた。

「申しわけありません。こちらへお願いします」

会場とは逆の方向へ案内する彼を、父は訝しげに見る。

「何かあるのですか？　先に会場入りしたいのですが」

フィディアたちが会場入りできるようになったのだから、間もなく舞踏会が始まってしまうだろう。デビューする令嬢たちに向けて、王から言葉があるので、それを聞き逃してしまえば、遅刻と受け止められてしまう。

父が衛兵に尋ねると、衛兵は戸惑った様子で答える。

「いえ、会場入りする前にということですので、申しわけありませんが」

「遅刻をしても大丈夫ということでしょうか？」

「いや……その、こちらへご案内するようにと命令を受けまして」

案内をしている彼自身もいまひとつよく分かっていないようで、要領を得ない返事が続く。

困ったように眉を下げているが、それでも命令が出ているため、彼も引けないのだ。

「どなたからです?」

フィディアたちを呼び止める人物に心当たりがない。知り合いならば、むしろ会場内で落ち合いたいだろう。父が尋ねた言葉に、案内している衛兵ですら首を傾げる。

「私には……分かりかねます」

彼自身も不思議に思っているのだろう。

何故、会場以外の場所に参加者を……それも、デビュタントである令嬢を連れていかなければならないのか分かっていないようだ。

首を傾げながらも、父は衛兵についていくことにしたらしい。フィディアを視線だけで促す。

会場入りが遅れてしまっても、この場にいたことは確かなのだ。この衛兵がそれを証言してくれるだろう。

衛兵の後に続いて、舞踏会場の横を通り過ぎ、城の内部に入る。それから、さらに少し進んだのち、部屋に案内された。

中には、ソファーと小さなテーブルが置いてあり、茶器なども準備されている。

カランストン男爵領にある屋敷の応接間に比べれば充分に豪華な部屋だが、城の他の部屋を知らないフィディアには、ここがどういう部類の部屋なのかも分からない。

多分、会場のすぐ傍であることから、舞踏会で疲れた方たちが休憩に使う部屋だろうと思う。

「ここで、どうするのです?」

父が衛兵を振り返ると、彼も困った様子でキョロキョロしている。

「ええっ……と、誰もいませんね。ここにエスコート役がいるので待つようにとのことだったのですが」

「エスコート?」

ここまで黙ってついてきていたフィディアは驚いて声をあげた。

「エスコートは、私の、でしょうか? 私は、今日がデビューですので、父にエスコートしてもらいます」

デビューのエスコートは、婚約者か親族が務めるのが慣例だ。もしも恋人がいても、婚約者でなかったら父親が務める。

フィディアには婚約者がいないので、当然、父がエスコート役だ。

「ああ……そうですよね……。申しわけありません。確認してまいります」

これで本当にいいのか不安になってしまったのだろう。フィディアにぺこぺこと頭を下げて、彼は逃げるように部屋から出ていく。なんとも頼りない背中だ。

衛兵が出ていってしまった部屋で、フィディアと父は顔を見合わせる。

「どういうことだ？」

こんな部屋に放置されて、どうしろというのだ。

とりあえず、座らせてもらおうかとソファーを振り返った途端、扉の外から大声が聞こえてきた。

「エスコート？　そんなもんは、上の誤魔化しだよ」

その声の持ち主は、ここまで自分の声が届いていることに気が付いていないのだろう。こちらに近づきながらも、無遠慮にしゃべり続けている。

「お前は、本当に何も分かっていないな！　さっきの最後に入ってきた貧相なやつらだろう？」

こんな場所で、こんなに大きな声で参加者を罵倒(ばとう)するとは、この声の主は正気だろうか。

廊下から響いてくる声に、フィディアは震える。父がそっと寄ってきて、肩を抱いてくれた。

「王主催の舞踏会にふさわしくない格好だから、この部屋でもう少し見栄えがする格好に着替えてもらおうということだ。本当に、ドレスさえ準備できないのなら、辞退すべきだったたと思うね」

ひどく貶める言葉に、血の気が引く。

フィディアは思わず、自分の格好を見下ろした。城内に降り立った時、自分を見た誰かが、この部屋に連れていくよう指示したのだろう。

「エスコートという名目で、ドレスでも差し上げるのだろうよ。お優しいことで。私は、あんなみすぼらしい格好で城を訪問するなんて、不敬を理由に追い返してもいいと思っているがね」

美しいドレスだ。みすぼらしくなんてない。

卑屈になってはならない。あんな言葉に、自分を恥じたりしない。

己を叱咤して、フィディアは顔を上げ続ける。

ふと、声が止んで扉が開く。

先ほど、走り出ていった衛兵と共に戻ってきたのは、小太りの男だった。年は、父と同じくらいだ。よくこんな体型で衛兵が務まるものだと、仕返しのように心の中で毒づいた。

暴言の主は、先ほどの言葉が嘘のように微笑みながら入室してきた。

ノックさえなかったことに、フィディアは憤りを通り越し、呆れてしまう。

このマナーを知らない男は、本当に城勤めなのか。

「こちらでお待ちくださいという命令が出ましてね……」

男が挨拶もなく話し始めたのを遮って、父は静かに言った。

「お暇させていただきます」

「え？　ここでお待ちいただければ、すぐに会場に入れるように整えますよ？　まあ、お召し替えをお願いするかと思いますが」

男の言葉は丁寧だが、明らかにこちらを下に見て嘲っている。

「必要ありません」

父は無表情を保ちながら、今度は強く遮った。

「こんな辱めを受けてまで、参加したくはない」

フィディアの肩を抱く父の手にぐっと力が入った。自分の肩が震えていることに気が付かれてしまったのかもしれない。

国王から招待された舞踏会に、参加したくないと言ったのだ。不敬だと罵られても文句は言えない。

しかし、フィディアは父を諫めることはできなかった。自分も、同じ気持ちだったからだ。

「ああ、そうですか。まあ、参加……できないでしょうね」

男は口元に嫌な笑みを浮かべ、二人の頭の天辺から足の爪先まで、わざとゆっくりと視線を滑らせる。直接的な言葉はないが、男の態度で、フィディアたちはさらに貶められた。

男はふんと嘲るように鼻で笑い、部屋のドアを開ける。

ドアの傍には、ここまで案内してくれた衛兵が立っていた。

彼は真っ青な顔で、一生懸命首を横に振っていた。男が言ったことを、少しは否定してくれているのだろうか。

彼もきっと、上司を連れてきて、まさかこんな風になるとは思っていなかったのだろう。

フィディアは小さく微笑んで、衛兵にお辞儀をした。

彼は驚いて固まってから、大きく頭を下げた。

帰りの馬車の中で、父はフィディアに謝った。

「不甲斐ない父で、すまない」

「いいえ。悪いのはあちらですもの。ドレスの値段で追い出すなんて」

ドレスを準備したことを、両親に後悔してほしくなかった。フィディアは嬉しかったし、最高に綺麗だと思ったのだ。

ただ、舞踏会には受け入れてもらえなかっただけ。

公爵様にお会いできなかったのは……心残りだけれど。

馬車の中からキラキラと光る城が見える。ここからでは、小さな点が動いているようにしか見えないが、色とりどりでとても美しい。フィディアは目を閉じて――諦めて、微笑んだ。

◇

ジェミール・アンドロスタインは、その流麗な眉を顰めて、隣に立つ副官に囁いた。

「おい。後は頼む」

「は？　ちょっと、いきなりなんですか。ダメですよ」

副官――クインは、言い捨てて立ち去ろうとするジェミールの裾を慌てて掴む。

華やかに着飾った女性に囲まれるのが嫌いなジェミールだが、デビューのために開かれる舞踏会だけは、毎年最後までおとなしく会場で立っている。

それなのに、今年は逃げる気なのかと、クインは慌てて引き留める。

呆れた様子でジェミールを諭そうとするクインを制し、彼は遠い場所を見つめながら言う。

「番を見つけた」

クインは、一瞬、意味が分からないというように首を傾げてから、目を見開いた。

「番……!?　本当ですか！」

獣人は番を求める。

都市の発展と共に人が増え、住む場所が広がっていく中で、番に出会える獣人はほとんどいなくなっていった。

それでも、番ではない相手と結婚する例もある。しかし、半数は番を諦めきれず結婚をしない。番を求めるのは本能に刻まれており、それを捨てられるような進化を遂げられなかった。

だから、獣人はどんどんと数を減らしてしまっている。

番を得た獣人は、相手が人間であっても子だくさんになるし、その子供たちは、獣人の血を優先的に受け継ぐ。さらに、子や配偶者を支えようと、獣人の能力が大幅に上がる。

反面、出会えなければ、ただ一人で生を終えるだけなのだ。

見つかるかどうか分からない番を探して、一生旅を続けられる獣人はわずかだ。

ジェミールも、半分諦めていた。

アンドロスタイン公爵家は代々将軍を務め、国王を支えてきた。

そんなジェミールが番を得る旅に出ることなどできるはずもない。

番でなくても子をなせないわけではないが、ジェミールは番以外を迎える気はなかった。

アンドロスタイン家は、幸いにも歴代、番を得ている当主が多い。ジェミールの両親もそうだから、兄弟は多い。

だから、ジェミール自身に子ができなくても、後継の問題はないのだ。

このまま将軍として仕え、老いた後は弟の子に家督を譲り、山の中に引きこもって静かに暮らすのだろうと漠然と考えていた。

それが、たった今、覆った。

ジェミールは、会場から真っ直ぐに門へと伸びる石畳へ視線を向ける。

先ほど、今日の最後になる馬車が停まった瞬間から、ジェミールは心がざわわしていることに気が付いた。

不思議に思いながら、こぢんまりとした馬車から恰幅のいい男性が出てきて、馬車へ手を伸ばすのを見ていた。

そして、馬車の中からほっそりとした手が伸ばされ、はにかみながら降りてきた女性を見た瞬間、彼女に心の全てを持っていかれてしまったのだ。視線が外せない。

慣れない足取りで馬車を降り、馬車を誘導していた衛兵に笑顔で会釈をする。

この距離では声が聞こえないことがもどかしい。

柔らかそうな金茶の髪と同じ色の瞳を持つ令嬢は、緊張したように城を見上げ、微笑んだ。その時、ジェミールはまるで自分に微笑みかけられたかのように錯覚し、衝撃を受けた。

通常の人間がこの距離でジェミールを認識できるはずがないので、気のせいなのだが、だからこそ、彼女がジェミールに微笑みかける姿を妄想して胸が高鳴る。

幾人かの舞踏会参加者が歩く中、彼女は一際美しく輝いている。彼女が馬車から降りた瞬間から、ジェミールの意識は彼女から離れられなくなった。

「あの、濃緑のドレスの女性だ。……なんて美しい」

城への石畳を、父親であろう男性と共にジェミールに向かって歩いてくる。

体に沿うドレスを身に纏い、胸元には白いレースをあしらっている。まるで、脱がしてほしいと言わんばかりに色香を漂わせ、ジェミールの耳の奥で鼓動が鳴り響く。

彼女は、城に来るのが初めてなのだろう。

石畳が光る様子を珍しそうに見つめ、暗い中で松明の明かりに照らされる花や木を楽しげに見て回っていた。

あんな華奢な足で……彼女の足を見たことはないのだが……暗い道を歩くなんて、躓いたりしたらどうするのだ。

ジェミールが隣にいれば、抱き上げて、彼女が指し示すままに彼女の手足となってみせるのに。

この大勢の人の中で、一人、光を纏い女神のように光り輝く彼女。

ジェミールがうっとりとしていると、クインが首を傾げながら彼の視線を追う。

「え？　どの子です……っか⁉」

ジェミールはクインの頭をわしづかみにして、彼女の方へ顔を向けさせる。

あんなに美しい女性を視界に入れておきながら気が付かないとはあり得ない。

薄闇の中でさえ、あれほど輝きを放つ存在だ。この会場に入ってきた途端、全ての人間の意識を持っていってしまうだろう。

「彼女の美しさを理解しないとは嘆かわしい」

「いやいや、見つけられなかっただけですよ？　……ああ、あの子です……っいったあ！」

クインが言った途端に、ジェミールは頭を掴んでいた手をそのままゲンコツに変えた。

「見るな」

気が付かれたら気が付かれたで、不快なことが分かった。

彼女の美しさを理解するのは自分だけでいいような気もする。

「なんて理不尽！」

クインが文句を言っているが、知ったことではない。

今、ジェミールは、至上の愛を知った。

「求婚してくる」

毛先と服装に視線を落とし、ほぼ直立だったから全く乱れてはいないが、もう一度整える。

彼女に初めて会う時は、完璧でいなければならない。

「ま、待ってください。これから、デビューの方々の挨拶を受ける大役がございます！」

だというのに、またクインに裾を引かれる。

整えた服を乱されたことに苛立ちを覚えて、彼を睨み付けながら尻尾を一振りする。

「求婚してからな」

「あの子だってデビューでしょう！　初日から公爵の隣に立たせるって、どんな鬼畜ですか！」

鬼畜と言われて、ためらいが生まれる。彼女に少しでも辛いと思わせるのは本意ではない。

「あの子だって、挨拶に来ますから……」

「ふざけるな」

しかし、クインの言葉に反射で返した。

挨拶に来る？　若い女と見れば結婚相手だと勘違いするような、有象無象のケダモノが闊歩する中、一人で？　あり得ない。

「俺が隣にいないのに、こんな会場に入れられるわけがないだろう！」

叱り飛ばすと、クインは理解できないと言いたげに目を瞬かせる。

「父親が隣にいますよ？」

「所詮父親だ。男共が群がる。……許さん」

父親だけで、あのケダモノたちから彼女を守りきるのは難しいだろう。それどころか、父親から攻めていこうとする輩までいるかもしれない。

「――つぶす」

低く呟いた声は、クインにだけ聞こえたようだ。

「殺気を放たないでくださいよ！　一人の令嬢だけ特別扱いしてしまうと、他の高位貴族の方が騒ぎます」

特別扱いがダメとはどういうわけだ。

特別に決まっている。唯一無二の番。彼女だけが、ジェミールの中で意味を持つ存在なのだ。

「あの方々は、申しわけありませんが、私にはどなたか分かりません。ということは、それほど位は高くない。このような場所で目立たせてしまえば、最悪、彼らの家がつぶされてしまうかもしれません」

クインの言う意味を理解して、ジェミールはぎりっと奥歯を噛みしめた。

位の低い者を、王主催の舞踏会で特別扱いをする。当然反発が起きるだろう。

ジェミールが彼女こそ番だという話をすれば、表向きは納得するだろうが、その後、能無し共が何をするか見当もつかない。

公爵家の力を使って守るにも限度がある。彼女の家族がどういう立場か分からない状態で、押し進めるには無理がある。

彼女の家が弱小貴族だった場合、下手をすれば爵位を取り上げるまでに嫌がらせが発展するかもしれない。そういった唾棄すべき仕打ちを平気でする高位貴族が、残念ながらこの国にもいるのだ。

「別室で待っていただきます。挨拶が終わってから、迎えにいらしてください」

あくまで、高位の者を優先したという形だ。

挨拶が終わった後、変に目立たぬよう注意しながらエスコートをし、王のもとに向かおう。

「……いつ終わる？」

「なるべく早く終わらせますから！」

まだ始まってもない！　と言いながら、クインが警備の者にその旨を伝えに走る。

彼女は嬉しそうに笑いながら、隣に立つ父親に何か話しかけている。

まだまだ、彼女からジェミールは見えていないだろう。

ジェミールの視力は、人間の数十倍にもなる。多分、クインも彼女の顔が見えたわけではなく、ドレスの色で判断したのだろう。

彼女の瞳に、自分の姿が映ることを想像すると、なんとも言えない幸福感が広がる。

そんな彼女に、衛兵が声をかけて別室へ連れていくところが見えた。彼女は、今から別室でジェミールを待つのだ。

彼女が自分を待っていてくれる。そう考えるだけで抑えきれない喜びが体中を巡って、尻尾が揺れてしまう。

ジェミールがうっとりとしている間に、舞踏会は開始された。

デビューの令嬢たちは、まず王に挨拶に来る。

それを王と宰相、将軍たるジェミールが出迎え、令嬢たちに祝いの言葉を述べ、今日を楽しむように伝えるのだ。

毎年のことだが、どこから湧き出てくるのかというほど令嬢が列をなす。

「多いな」

「静かに。耳は立ててください」

基本的に王が話すため、ジェミールは立っているだけだ。だったら、別の人間に勲章(くんしょう)やらをくっつけて立たせておけばいいのに、それはできないという。

毎年のことながら、今年ほど列の長さにイラつくことはない。

時折向けられる期待するような視線にも耐えながら、数十分。目の前の長い列がなくなった。

今、挨拶をしている令嬢で最後だ。

自分が最後だと思ったからか、彼らは随分と長いこと話していた。もう少しで終わると思っていたから、あまりの苛立ちに、目の前の貴族を睨み付けてしまった。

慌てて頭を下げて下がっていく貴族を尻目に、隣にいるクインに尋ねる。

「もう終わったな」

「はいはい。終わりましたよ。どうぞ、後はお任せください」

クインから、彼女が待っている部屋を教えられる。会場を横切ると、次から次へと話しかけられてしまうので、背後の扉から出ていかなければならない。

「私にも紹介してくれよ」

「……落ち着きましたら」

いそいそと席を立つジェミールに、王が声をかける。

彼女をエスコートすると決めた時には、デビューの彼女に付き添って、王に挨拶に向かう気でいた。しかし……改めて考えると、とても嫌だ。

「婚姻前には紹介してくれ」

「……」

ジェミールは、王やクインにだけ分かる程度に眉間にしわを刻んだ。

獣人の独占欲は強い。番を手に入れれば、片時も傍を離れないほどに執着し、独占し、他人に見せるのを嫌がる。それが分かっていて、王は敢えて言ったのだ。

公爵の妻となる人間を公の場に出さないなんてことをするなと、釘を刺されたわけだ。

「陛下の見目をもっと悪くしてからであれば」

王は、はっきり言って美しい。歴代、美しい女性を妻に迎えるのだから、そうなるのも頷けるのだが、それにしても目の前の男は美しい。

髪を刈り上げるか、顔を殴ってぼこぼこにするかしてもらわないと。

「無茶言うな。――おい、無理矢理やろうとするなよ？　ちゃんと王妃も隣にいてもらうから」

ジェミールがやろうとしていたことが分かったのか、王は顔を引きつらせて、体を少し護衛の方へずらす。本気でジェミールがやろうと思えば、周りにいる護衛など役には立たないだろうが。

王妃は子を産んだばかりで、今日はここにはいない。王妃が隣にいても、他の男に見惚れる番を見てしまうかもしれないと思うだけで、ジェミールの心臓はぎりぎりと絞られるようだ。

ジェミールはゆっくりと考えて……「努力します」と、小さな声で答えた。

「ああ。頑張れ」

にやりと笑う顔に、苛立たしげな視線を向けて、ジェミールは足早に会場から外に出た。

控室として準備していた一室に彼女がいるはずだ。

――彼女が待っている！

勝手に揺れる尻尾を放置……しようとして、あまりに毛並みが乱れているのは格好悪いので、どうにか抑えながら、彼女を待たせているはずの控え室に向かう。しかし……

「……帰った、だと？」

部屋には、誰もいなかった。

小太りの中年衛兵と、年若い衛兵が、二人ドアの前でたたずんでいただけだ。往生際悪く、部屋の中をぐるりと回ってみても、誰もいない。

かすかに、彼女の残り香かと思われるような香りがしたが、それも定かではない。

自分でもどこから出たのか分からないほど、地を這うような低い声が、怒りのぶつけ先を探して放たれる。不幸にもその先にいたのは、中年の衛兵だ。

「は、はいっ……！」

後ろに控える中年の衛兵に目を向けると、直立不動で真っ青な顔をしていた。

自分から殺気が放たれているだろうことは分かっている。

しかし、今、それを抑えるすべがない。

何故。ようやく迎えに来た番がいないのだ。どこへやった。

「何故だ？　俺が迎えに来ることは伝えたのだろうな？」

中年の衛兵の前に立ちそう問うと、男は震え出し、今にも失禁でもしそうなほど体をこわばらせている。しかし、今は、気を遣ってやれる余裕がない。

「は、はひっ……！　も、もちろんでございます！　私がきちんとお伝えしました！しかし、彼女は嫌がられて、帰ってしまわれました！」

彼の言葉が、一瞬理解できなかった。

次は、『そんな馬鹿な』という傲慢な思いが湧き上がる。

公爵たる自分が声をかけたのなら、喜んで待っていてくれるだろうという驕りがあった。待っていてくれるのが当たり前だと、疑いもしなかった。

何より、彼女は番なのだ。番から拒否されるなんて、思いもよらなかった。

――怒りと悲しみに泣き叫び出しそうだ。

「嫌がって……」

ぽつりと呟いた自分の言葉に、さらに打ちのめされる。

彼女は、嫌がったのか。

公爵という立場に気が引けたのか。

獣人に囚われることを厭うたのか。

それとも、まさか他に決まった相手がいるのか。

「彼女の名は？」

聞いてどうする。拒否されたというのに。

そう思うが、どうにかして彼女について知りたいと思ってしまう。

「あ……おっ、お前！　名を聞いておくようにと言っておいただろう！　令嬢の名をお伝えしろ！」

中年の衛兵は慌てふためいて、背後の男を振り返る。

もう一人の若い衛兵は、真っ青な顔で呆然と突っ立っていた。信じられないと言わんばかりに目を見開き、ジェミールを凝視してくる。

将軍がいきなり目の前に現れたせいで恐縮しているのなら分かるが、この二人は何かにおびえているように見える。その様子に内心首を傾げながら、ジェミールは若い衛兵を見返す。

ジェミールが疑問をぶつける前に、焦れた様子で中年の衛兵が返事を急かす。

「早くしろ！」

若い衛兵は、放心状態でぶるぶると震えていた。そして、深く深く腰を折り曲げ頭を下げる。

「お名前は……お聞きしておりません。……申しわけございません」

ジェミールを怖がるというより、何かを後悔しているような彼の表情が引っかかる。

「なんだと！　この、使えないやつめ！　申しわけございません、閣下。私の方できっちりと処罰を与えておきますので」

話しかけようとするのを、彼の上司である男が遮る。

こいつのこの態度こそ不快なものだが、衛兵の規律もあるだろう。そこにジェミールが口出しをすべきではない。

「ああ、そこは規律にのっとってくれ。任せる」

もうここには用はない。

彼女は、ほとんどこの部屋にはいなかったのだろう。さっき感じたように思った香りも、もうしなくなっていた。

ジェミールは呆然とその場から歩き去り、舞踏会場に戻る気にはなれずに自室に引きこもった。

◇

舞踏会は終わった。

フィディアが今後、社交の場に参加することはないだろう。

王都にはもう用はないので、このまま領地で必要なものだけ購入したら、さっさと帰るものかと思っていた。

「領地に戻るというご挨拶には伺わないといけない」

しかし、当主が王都に滞在しているというのに、一度も陛下に謁見を求めず、しかも社交シーズンの終わらぬうちに領地に帰ってしまうのはよろしくない。

陛下を無視しているとか、執政に不満があるのだとか、叛意があるのだとか、いろいろ疑われることになるのだ。

本来ならば、昨日がその場であるはずだったが、会場入りすら許されなかったので挨拶ができていない。

向こうがこちらを拒否したのだと言いたいところだが、末端貴族の衣装などに王が関与しているとも思えない。きっと、どこかの貴族か、仕事熱心な警備の仕業だろう。

仮にも貴族であるにもかかわらず、年頃なのにデビューの場である王室主催の舞踏会に参加しなかったことも、報告に上がらなくてはならない。

理由は、今代限りでカランストン男爵位を返上するつもりだからと言えば、不思議はないだろう。

無理にドレスを仕立てて舞踏会に参加しようとせずに、最初からそうすればよかった。

しかし、父である男爵は、フィディアを一度でいいから華やかな場所に立たせようと思ったのだ。

フィディアは、ドレスを準備する父と母が、『贅沢どころか労働込みの質素倹約な日々を送っているにもかかわらず、貴族としての勉学を押し付けられている娘に、一度くらい、夢を』、そう話しているのを聞いてしまった。

だから、本当は贅沢だと思っていたドレスも、素直に喜んで、舞踏会も楽しみにしていたのだ。

きっと父は、本当にフィディアが望むのなら、貴族との婚姻も考えていたはずだ。

それなのに――最大限の力を使おうと思って臨んだ末の、最低な結果。

あの舞踏会の日の翌日に、王に謁見申請をし、それから一週間。ようやく謁見の許可が下りた。

タウンハウスを借りるのも無料ではない。

挨拶が終わり次第、帰路につこうと準備を始めたフィディアに、父が声をかけた。

「フィディア、城へ一緒に行かないか？」

父の言葉に、フィディアは目を見開いた。そんなことを言われるとは思わなかったのだ。

「……ドレスがないわ」

またみすぼらしいと馬鹿にされたら、余計に悲しくなってしまう。それでもフィディアは、嫌だと拒否はできなかった。

華やかな空間。そこに暮らす人々。何より……

「この間の濃緑のドレスでいい。今度は舞踏会ではない。挨拶くらいならあれで充分だ。それに今日は、軍の演習があるらしい。なかなか見られるものではない。……領地に戻る前に、見ておくのもいいだろう」

「お父様……！」

父はフィディアの迷いを小さな頷きだけで払拭（ふっしょく）し、いたずらっぽく笑った。

どうやら、フィディアのジェミールに対する密かな憧れなど、お見通しだったようだ。

直接お目にかかることは無理でも、近くで拝見したい。

フィディアは迷いながら、母に視線を移すと、彼女も頷いてくれる。

――全員が、私の想いを知っているのね。

少々気恥ずかしく思いながら、フィディアは頷いた。

「ええ。行きます……行きたいわ。連れていってくださる？」

「もちろんだ」

父は、嬉しそうに微笑んだ。


舞踏会に向かう時は、馬車を少しでも豪華にしようと飾り立てていたけれど、今回は必要ない。

それどころか、馬車も必要ないのだが、馬車がないと衛兵に城に入れてもらえないこともあるらしい。平民と間違われるからだろう。だから、今回も馬車を借り、城へ向かった。

城の敷地内に入って、衛兵に謁見の間まで案内してもらう。

「今日は軍の演習もしているとお聞きしています。一度見てみたいと思いまして」

案内してくれる衛兵に父が話しかけると、彼はにっこりと笑った。

「そうですか。謁見までには、まだ多少お時間がございます。そちらを先にご案内しましょうか？」

衛兵はとても親切な方で、嫌な顔一つせずに演習場へと案内してくれた。

この後、謁見（えっけん）の時間が近くなったら、また迎えに来てくれるそうだ。

「そこまでしていただくわけには」

遠慮する父とフィディアに、衛兵は目を丸くした後、肩を揺らして笑う。

笑ってしまったことへの謝罪をしてから、彼はにこにことフィディアたちを見つめる。

「城への来客を案内することが、私の仕事なのです。お客様が行きたい場所に案内し、ご用事を済ませていただく。そのためにここにいるのですから、そのようにおっしゃらないでください」

普通、貴族はそれを当たり前だと言い、お茶の準備までさせることもあるのだそうだ。

よその家に来て、そんなことができる人がいるのか。

仕事でさえ領民と力を合わせてするカランストン男爵家には馴染（なじ）みがない文化だ。

衛兵がその場を立ち去った後、二人は演習場がよく見えるように前の列の方へ進む。

演習場は、すり鉢型に観覧席が並ぶ大きな広場だ。広い観客席は半分以上が埋まっている。

ここでも色とりどりのドレスが溢れているが、中にはごく普通のワンピースを着ている娘などもいる。

演習は、平民であっても持ちもの検査など一定の検査を受ければ見学することができるらしい。

だったら、平民になった後も、頑張ってお金を貯めて王都に来れば、見ることができるかもしれない。

今日、これが最後というわけではないかもしれないという可能性が、フィディアには嬉しかった。

演習場には、数百人の騎士が一定の間隔をとって美しく整列している。その数百人が立ち並ぶ中心に、銀色の光を放ちながら、その人は立っていた。

周りの兵士よりも一回り大きく見えるその姿は、堂々としたその立ち姿からも、非常に目立つ。

ピンと立った耳に、ふさふさの尻尾。元は白かっただろう肌は小麦色に日焼けをしている。距離があるため、表情を見ることまではできないが、それで充分だった。

その姿を見てしまったら、もう目をそらすことなどできない。

彼が指示を飛ばしながら、腕を振る。兵士が一斉に剣を抜き、一糸乱れぬ動きを披露(ひろう)する。その見事さに、観客席から歓声が飛ぶ。

「素敵……」

感動で胸が熱くなって、フィディアの口から思わず言葉がこぼれた。

その瞬間、将軍閣下の耳がぴんっと立ち上がり、彼の顔がぐるんとこちらに向いた。

そして――そんなはずもないのだが――フィディアは自分を見つめたのかと思った。

タイミング的に、フィディアの声が彼に聞こえたようにも思える態度だ。

でも、こんなに遠いのに、あり得ない。

フィディアの周りには、将軍閣下をうっとりと眺める令嬢で溢れている。

『素敵』『格好いい』は言われなれた言葉だろう。もっと心を尽くした美辞麗句を聞きすぎて、そんな単純な言葉がむしろ新鮮に響いたと言われれば納得できるが、なんのひねりもない言葉に反応するわけがない。

むしろ、フィディアの声は小さくて、周りの喧騒に消されてしまったはずだ。

なのに――

強い視線で射抜かれ、フィディアは息が止まりそうだった。

この距離だ。フィディアを見ているわけではない。

そう理性は叫ぶのに、彼から見つめられていると考えるだけで、体が歓喜に震える。

表情も分からない距離で、色彩でしか彼を認識できないというのに。

この一瞬。目が合った気がするという遠い憧れのような勘違いだけで、フィディアは将軍閣下に恋をした。

何故かは分からない。彼が見つめるのは、ずっと自分だけがいいだなんて分不相応にも思ってしまった。

明日には田舎に引っ込んでしまう身なのに、なんて身の程知らずな恋。

フィディアは瞬きさえできない時間を過ごした。

それを終わらせたのは、将軍閣下だった。

さっきまで、あれほど強い視線でフィディアを見つめてきたと思ったのに。すぐに興味を失ったように兵士たちを振り返る。

瞬間、フィディアの心臓の真ん中を、冷たい風が通り抜けていく。ふわふわと夢見心地だった頭がすっと冷えた。

将軍閣下はフィディアには興味はない。そんなものは当然だ。

片や、公爵位を継ぎ、将軍にまで上り詰めた彼。片や、小さな領地で農民と一緒に作物を育てるフィディア。

釣り合うはずがない。考えることすら不敬だと思える。

今、目が合ったと思ったのだって気のせいだ。

そんなことを考えて、一人勝手に舞い上がっていた自分が情けない。

そう思っているのに、彼の背中から目が離せない。

こんなに惹かれるなんて、どうしてしまったのだろう。

喉の奥から固いものが込み上げて、フィディアの目に涙が盛り上がってくる。このまま泣いてしまいそうだと考えていた時、後ろから声がかかった。

「カランストン男爵様。お待たせいたしました。謁見の場がご準備できました」

振り返ると、先ほど案内してくれた衛兵が迎えに来てくれていた。

「ああ、そうですか。ありがとうございます。フィディア、行くよ」

「はい」

父に促されて、フィディアも演習場に背を向ける。

先を行く男性二人に、気が付かれないように、涙をのみ込もうと大きく息を吸った。

どうして、こんなに焦がれているのだろうか。……話したこともない、遠くで見ただけの人に。

フィディアにとって初めての謁見は、滞りなく終わった。父が辞去の挨拶をして、フィディアは後ろで頭を下げているだけだった。

ぼんやりしていたため、申しわけないが、国王の顔さえもよく見ていない。

フィディアの頭の中はジェミールのことでいっぱいで、王からの言葉も全て聞き流してしまった。

謁見(えっけん)が終わって、外に出ると、門へ向かう人の流れができていた。

演習が終わって、帰る人が溢れだしてきているのだ。

もしもまだやっているならば、父にお願いしてもう少し見ることもできるだろうかと思っていた。本音を言えば、最後に一目だけでも、彼を見たかった。

だけど、それは叶わなかった。

結局、こんなものだ。公爵閣下と田舎(いなか)の男爵令嬢の関係なんて。すれ違うことさえない。

公開演習は明日も行われるらしいが、明日には王都を発(た)つ。

いつまでも未練がましく演習場を見ているわけにもいかない。

「さあ、帰ろうか」

優しく促す父を見上げて、フィディアは頷いた。

さて、いざ帰ろうと馬車へ足を向けると、遠目に分かるほど、そこは多くの人が馬車を出すのを待っていた。

どうにもタイミングが悪い。

また、昨夜のような渋滞に巻き込まれて、無駄に数時間を費やすのか。

フィディアは歩いて帰ってもよかった。御者にチップを渡してここで終わりにしてはどうかと思う。どうしようかと父と目を見合わせていると、案内をしてくれていた衛兵が声をかけてきた。

「今は薔薇が美しい季節です。少々遠回りになりますがお急ぎでなければ、そちらの庭園を通って、馬車までご案内いたしますが」

この衛兵は、どこまでフィディアの感情を理解してくれているのか。

王都の庭は、社交シーズンに合わせて薔薇が満開になるのだという。舞踏会は夜に行われるから、ライトアップされた薔薇以外が鑑賞されることは少ないのだとか。

「ああ、それはありがたい。こちらこそお願いいたします」

父は仮にも貴族だが、衛兵に対してもぞんざいな態度を見せることは決してない。父の丁寧な言葉遣いに、衛兵は微笑みながら頷いた。

昼間はほとんど人がいないという庭園を、フィディアは感嘆のため息をこぼしながら歩いた。

アーチ状に咲き誇る薔薇のトンネルを抜けた先には、大きな噴水が陽光を反射しながら水を噴き上げていた。

薔薇の他にも小さな花が美しく咲き誇り、全てが調和して薔薇園を彩っている。

鮮やかな色に見惚れながら歩くフィディアに、衛兵が手を差し出してくる。

「お手をどうぞ」

驚いて見上げると、衛兵がはにかんだ。

フィディアが存分に鑑賞できるように、腕を彼に預けたらいいということなのだろう。しかし、さすがにそれは恥ずかしい。

頬を染めながら、フィディアは小さく頭を下げる。

「お気遣いありがとうございます。大丈夫です。真っ直ぐに歩きます」

花に目を奪われて、随分とふらふら歩いていたのかもしれない。

心配されて手を差し出されるほどだとは、どれほどぼんやりしていたのだろうか。

「そうですか？」

演習場だけでなく薔薇園にも案内してもらい、随分と彼には時間を取らせてしまっている。これ以上迷惑をかけるわけにはいかない。

フィディアがにっこりと笑って頷くと、どこか残念そうに彼は腕を下げた。

父を見ると、妙に嬉しそうだ。

彼の気遣いに感心しているのだろうと、フィディアも微笑みを返す。それに対する父の表情が残念そうで、フィディアは首を傾げた。いまひとつ意思疎通がうまくできなかったようだ。

薔薇が一層鮮やかに咲き誇っている場所まで来て、彼は手を胸にあてて父に頭を下げた。

「申し遅れました。私は、アドラ・ステンと申します。男爵家の次男ですが、現在は騎士の位を拝命しております」

なんと、ただの衛兵かと思っていたら、騎士だったのか。どうりで気遣いも完璧だし、物腰も洗練されていると思った。突然の自己紹介にフィディアは目を瞬いた。

「丁寧なご挨拶ありがとうございます。ライ・カランストンと申します」

父が挨拶をしたのを横目で確認してフィディアも慌てて腰を折る。

「フィディア・カランストンと申します」

もう馬車に乗って早々に帰るつもりで、ここで挨拶が始まるとは思っていなかったため、少々早口になってしまった。

そんな態度も気にせず、彼は膝を折り、フィディアに手を差し伸べる。

「今日は本当に楽しかった。後日、またお会いしていただけないでしょうか」

案内をしてもらっただけなのに、そんなに楽しかったのだろうか。

首を傾げながら、父の返事を待つが……二人共、視線はフィディアに向いている。

フィディアへのお誘いの言葉だったようだ。

もう一度、フィディアは首を傾げる。

……なんのために？

目的がさっぱり理解できない。しかも、後日となれば、フィディアたちは領地に戻っており、そこに訪問してくるということだろうか。結構な重労働だ。

謁見の理由は申請時に提出しているので、今日の目的が領地に戻るための挨拶だということを、彼は知っているだろう。それなのに、また会いに来るという。

「そうですね。娘に理解させておきましょう」

笑いを含んだ声で父が言うと、彼はもう一度頭を下げた。

――それで、ようやく理解した。

鈍いと言われても仕方がない流れだ。

しかし、誰が思うだろうか。特に着飾ったわけでもなく、今日が初対面で、ただ案内してもらっただけの男性がフィディアに好意を寄せるなど。

そう考えて、遠目に一目見ただけで恋に落ちた自分を思い出す。

顔を熱くするフィディアを見て、彼は微笑んで馬車の傍まで案内してくれる。

どこでそういう流れになったのかさっぱり分からないが、このまま流されるわけにはいかない。

フィディアの胸には、会ったこともない人が、苦しいほど鮮明に居座ってしまっていきない。

るのだ。彼がフィディアに好意を寄せているとしても、その想いを受け入れることはで

馬車へ乗るために手を差し出されるが、フィディアは首を横に振って拒んだ。

「申しわけありません」

彼を見ることができずに、背後にいる父に視線を向ける。

それだけで理解した父が、フィディアの横に来て彼女の手を取る。

「お世話になりました」

父が言う横で、フィディアももう一度頭を下げた。ちらりと見えた彼の横顔は、悲しそうだった。

初めて明確に好意を表してくれた人。きっと、今日でなかったら、浮かれて彼の手を取っていたかもしれない。

でも、今日、フィディアは初めて恋をして、恋を失った。

そんな日に、すぐに別の人の手を取ろうという気には決してならない。

どんな顔をしていいのか分からなくて、俯いたまま、父の手を借りて馬車に乗り込もうと一歩踏み出した。

◇

平和な今の時代でも、いざとなれば、優秀な軍隊がいるのだと周辺国にも国内にも示さなければならない。そのため、定期的に、軍の公開演習が行われる。

軍の演習日は、暇な貴族たちや、将来兵になることを志望する平民など、毎回それなりに人が集まる。

ただ、社交界シーズンが始まったこの時期に行う演習は、通常より華やかになるため、より多くの見物人が集まる。

「分かりますか？　閣下は旗印です。主人公ですよ」

「主人公とはなんだ。……自分の立場は分かっていると言っているだろう」

ジェミールは何度も言い聞かせてくるクインに渋い顔を向けた。

「お分かりでないから言っているのです！　そんな覇気(はき)のない顔をして。愛想が良ければ最高ですが、無理でしょうから。せめて凛々(りり)しい顔をなさってください」

上司に対する言葉遣いを教え込んだ方がいいだろうか。

ジェミールはため息をこらえて、胸を張ってみせる。

「俺はいつも通りだ」

「耳はもっと立ちませんか？　尻尾も、もっと揺らしてください」

「……」

獣人の目印になる耳と尻尾は、どうにも感情に左右される。

これまでジェミールは軍人として、感情を制御できていた――はずだったのだが。

意識してみると、耳はへにょりと曲がり、尻尾もだらんと垂れていた。

「会場に入れば、そう見せる」

今から、そんな状態を保つのはしんどい。

本音を言えば、今日だって休みたいのだ。記憶の中にある彼女の笑顔に縋って生きていきたい。

この一週間、彼女の笑顔ばかり思い浮かべていた。

同時に、『嫌がって』帰ってしまったという言葉が心臓をえぐる。

演習が始まるから、引きこもっていた自室から出てきたが、失恋の傷はそう簡単に治らない。治る見込みもないし兆しもないし、治そうという気もない。

いっそのこと、一目見た彼女の姿を思い出に、隠居老人のようになってしまいたい。

「兵たちの士気に関わります。観客だけでなく、兵たちの視線も気にしてください」

感傷に浸るジェミールに構わず、クインがそう詰め寄ってくる。本当に、口うるさい。

返事をする代わりに、じろりと睨み付けて、ジェミールはあごを上げて演習場へ向かう。

もちろん、耳はピンと立てて。

これが終わったら、旅に出ようと決心しながら。

暗い通路を抜けて演習場に立つと、歓声が湧き起こる。それらに応えながら中心に立ち、腕を振り上げる。兵士たちは一糸乱れぬ動きで、隊形を変え、行進を始める。

兵士一人一人に厳しい目を向けながら、自分の姿を気にするのも忘れない。気を抜くと、耳がぺちゃんと頭にくっついてしまいそうなのだ。

それが億劫で、イライラする。

——何故、俺は今この場にいなければならないのか。部屋に引きこもっていたいのに。

そう考えれば、さらに苛立ちが募って、そのままの感情で睥睨すると、兵士たちの動きがさらに良くなる。

動きに反して、心なしか兵たちの顔色が悪い。何故だか、涙目になっているやつもいるようだ。

訓練中に泣くとは、なんと気概に欠けることか。

ジェミールだってしくしく泣きながら引きこもっていたいと思いながら、ここに立っているのに。

さらに目つきを鋭くして、兵士たちを眺めるジェミール。それに恐れをなして、さらにおびえる兵士たち。

どう見ても悪循環だった。

クインはジェミールの補佐をしながら、どうにかこの場はまともに終わってくれと願っていた。

その時、ジェミールの全神経が一人の女性を捉えた。

視線を向けなくても分かる。観客席、自分の後方に立っている。

――彼女だ。唯一無二の番。

彼女に、見られている。途端、体の奥底から歓喜が湧き上がる。

しかし、彼女の存在を感じられるだけで、彼女に視線を向けることができない。

「……閣下？」

クインが訝しげにジェミールに小さく声をかけてきた。

クインの声に、ハッとして目の前の兵士たちにも少し意識を向ける。

彼女がそこにいるのに、この状態で仕事に集中などできるわけがない。彼女にも、仕事にも集中できない、なんとも中途半端な状態になってしまう。

止まっていた腕を動かして、脇から剣を引き抜く。

それを合図に、この場にいる全員が同じ動きで剣を抜き、空へ掲げる。

ここからが見せ場だ。

舞うように剣をふるい、隣にいるクインに斬りかかる。クインは決められた動きで受け止め、次は——

「素敵……」

歓声の中、聞こえた一つの呟き。

瞬間、クインの剣を叩き落として、彼女の方を振り向いてしまっていた。

「ちょっ……!?　あぶっ……!」

背後から文句を言っている声も聞こえているが、そんなものはどうでもいい。

彼女が何を見てそんな言葉を発したのかが重要だ。

そして、振り向いた先で、彼女と視線が交わる。しっかりと。

あの日、舞踏会で目を奪われた彼女が、確かにそこにいてジェミールを見ていた。

——俺を見て、素敵と言ったのか?

ほんのりと頬を赤らめて、目を丸くしてジェミールを見るその瞳には、嫌悪など浮かんでいない。むしろジェミールに恋をしているかのような表情だ。

遠くからだから、ジェミールに嫌悪感を抱かずに済んでいるのかもしれないが……しれないがっ！

彼女は、少なくともジェミールの姿を見るためにここに来てくれたのだ。

どくどくと心臓が暴れ始める音がする。この姿を、あなたは少しでも好ましいと思ってくれるのだろうか。ほんの少し期待が芽生える。

「閣下!!」

クインがさっきよりも、もう少し大きな声をあげる。その声に、またも現実に引き戻される。

『彼女は嫌がられて、帰ってしまわれました』

記憶の中の衛兵が叫ぶ。名前さえ、教えてくれずに去ってしまった彼女。

期待して、失われた時の絶望感が蘇る。

嫌がる理由など、考えれば考えるほどに溢れ出てくる。

公爵という立場、将軍位にある獣人であること。耳が、尻尾が嫌なのかもしれない。

銀色の髪が悪いのだろうか。体の大きさ。顔立ち。声。しゃべり方。

どれがダメなのだろうか。彼女のためならば、全てを彼女好みに変えてもいい。地位も権力も姿形も努力次第で変化させてみよう。

ただ、獣人であることが嫌だと言われたら……どうしようもない。

──もう一度、あの絶望を味わう勇気があるか？

頭の中にそんな言葉が浮かび、足元から深い沼に沈んでいくような錯覚を覚える。そして、ジェミールは、逃げた。

無理矢理彼女から視線をはがし、兵士へと移す。

今、目に焼き付けた彼女の表情を胸に抱くだけでも生きていけるような気がする。至高の情けなさだが、彼女から直接拒絶されることへの恐怖が勝る。

彼女のうっとりとした表情を、嫌悪の表情に上書きしたくはない。

クインが眉間にしわを寄せて、説明しろと表情で訴えかけてきていた。

ジェミールは小さく頷いて、何度か不自然な間が開いてしまった兵を纏めるために腕を上げた。

その直後、彼女の気配が遠ざかる。途端に喪失感を覚え、胸が苦しくなった。

恐怖で逃げたくせに。一瞬だけ見た彼女の思い出だけで生きていけるなんて思っていたくせに。

今にも死んでしまいそうだ。

やはり、無理だ。彼女が欲しい。

彼女なしでは、生きていけない――

もう一度、彼女がここに現れてくれたら、その時は正面から見つめて手を差し出そうと思う。

拒否されるかもしれないが、少なくとも軍の演習を見に来てくれているのだ。嫌われているわけではないかもしれないではないか。

よし、声をかける！

……そう決意したというのに、彼女は現れなかった。

二日間続く演習は、ボロボロだった。

顔は体裁を繕い続けた。耳も大丈夫だったように思う。

しかし、もう動きたくなかった。指揮をクインに任せて、銅像のように腕組みをして突っ立っていた。

演習終了後、執務室に戻り、ため息を吐く。

部屋の隅っこに行き、座り込んで膝を抱えてみる。落ち着く。もうこの場所から動きたくない。

その時、カツカツカツカツと強い足音と共に、誰かがジェミールの執務室に入ってきて、彼のすぐ傍で立ち止まった。見上げると、目の前には、腕組みをして怒り心頭の副官が。

……実に面倒くさい。

「今回のあれは、どうされたのですか」

何がだ……などと、シラを切れるような状態ではない。

指揮さえもしなかったのだ。全面的にジェミールが悪いことは分かっている。……本当は、引きこもっていたかったのに、無理矢理引っ張っていったクインのことも少しは悪いと思っている。

「……悪かったと思っている。番を捜していた」

「……捜していたって」

クインが呆れた表情を見せる。

舞踏会の日の詳しいことは教えていないが、うまくいかなかったことは気が付いているだろう。

「昨日は来てくれていたんだ。だから……もし、今日来てくれたら、会いたいと思った」

彼女は恥ずかしがるかもしれない。だから、演習が終わった後、こっそりと呼び出して会えるのではないかと思った。

「番……」

クインが眉間にしわを刻んだまま、ぽつりと呟いて、黙り込む。

情けないジェミールの姿に、何もかける言葉が出てこないようだ。

「会いたい」

表情を見せたくなくて、部屋の隅から立ち上がり、執務机に向かいながら、呟く。

一言口にしてしまったら、もうダメだ。

「会いたい！　会いたいんだ!!　一度だけでいい。彼女と近くで会いたい!!!」

ダンッ！

執務机を力任せに殴った……ら、穴が開いてしまった。ちらりとクインを見上げると、眉間のしわが深くなっていた。うん、無視しよう。

「やはり、直接彼女と話がしたい」

どう見られるかなどどうでもいい、彼女の瞳に映りたい。

彼女の瞳の中に、ジェミールの姿が浮かぶことを想像すると、それだけで生きていけるような気がしてきた。

さっきから少々欲張りになっているが、仕方がない。彼女が愛らしすぎるのがいけない。

「……ん？　話をされたのではないのですか？　あの舞踏会の日に」

ジェミールの決意表明に、クインは首を傾げる。

言いたくはないが、舞踏会の日に、彼女には会えなかったことを伝えた。

「行った時にはもう帰った後だった。衛兵が、私が来ると伝えた途端に嫌がって帰ったと」

口にするだけで辛い。やはり、彼女に会うのはやめた方がいいだろうか。目の前で拒否されたら号泣してしまうかもしれない。

ハンカチを準備しようかと思っていると、クインがさらに首を傾げる。

「何故、閣下が行くと分かったのです？　閣下が来るとなったら、緊張で気疲れするだろうと思い、私はエスコート役が来るとしか伝えていませんが」

「……なんだと？」

「エスコート役が来るから、待っていてほしいと伝えはしましたが、それが誰かまでは伝えておりません」

クインが、斜め下の床を見ながら考え込む。ジェミールはすぐにドアに向かいながら問うた。

「伝えた相手は」

「クラフ・クインティール。第一隊に配属されたばかりです。平民ですが、真面目で優秀な人材です」

端的に問うと、すぐに聞きたい答えが返ってきた。

「今日の配属は」

「少々お待ちください」

そう言いながら、クインは資料を取り出して小さく頷いてから答える。

「本日は公開演習の警備だったようですね。ちょうど今は休憩室で休憩している頃ではないでしょうか」

それを聞いた途端、ジェミールはドアを開けて、衛兵の控室へ向かって歩き始める。

「閣下が直接向かうのですか？　呼べば済む話だと思いますが」

クインが咎めるように言うが、この行動は想定していたことなのだろう。慌てずにジェミールの後ろをついてくる。

「私が行く方が早い」

兵を呼びつけるには、使いをやったりと手間と時間がかかる。もちろんジェミールの言うことが正しいのは分かっている。立場上、このような行動は本来よろしくない。

そもそも、軍を全て束ねる将軍といえど、衛兵は管轄外だ。そんな場所に将軍が来れば現場は混乱する。普段だったら配慮するが、今のジェミールには余裕がない。

ジェミールは歩きながら、後ろをついてくるクインへ問う。

「直属の上司は」

広義ではジェミールの配下ではあるだろうが、彼らの名前を覚えておくほどの記憶力はない。

「アーダム・ベルリンティ。こちらも、クインティールが入ったことによって位が上がったばかりです。会場外廊下から控室の警護の責任者です」

そして、そんな数百人……千人に渡るかもしれない人員を全て覚えているのが、副官のクインだ。本人は、「ひょいひょいとは出てきませんよ」とは言うが、こんな風に問えばすぐに名前を出してくる。

「さすがだ」

少し振り向いて笑ってみせると、クインは軽く肩をすくめてみせた。

「たまたまです。配置換えがあったばかりだったのと、舞踏会の警備はさすがに確認しましたから」

彼女は、本当にジェミールの名前を聞いて嫌がったのか。

それとも、誰が来るか分からずにおびえるような状況だったのか。

もっと詳しく聞いておけばよかった。そうすれば、その場で矛盾に気が付けたかもしれない。

――衛兵に嘘をつかれた？　何故？

彼らがジェミールに、虚偽の報告をする理由がない。

彼女が父親以外のエスコートを嫌がったのなら、そう伝えればいい。わざわざジェミールを嫌がったのだと伝えてきた理由が知りたい。

もしも、本当にジェミールが来るとなんらかの方法で知って、それを彼女に伝えたのならば、その方法も確認しておかなければならない。

「……どう考える？」

彼らに確認してから考えればいいのだが、気が急いて、クインに尋ねてしまう。

彼女が、ジェミールを嫌がったわけではないかもしれないという可能性が出てきたのだ。興奮しない方がおかしい。期待しすぎてはダメだと思いながら、歩く速度がどんどん上がっていく。

もうすぐ衛兵が待機する建物だ。

「そうですね。私は……」

クインが何かを言おうとした時、ジェミールの耳に、誰かが悲痛を訴える声が聞こえてきた。

「お願いです。私は、こんな罪を背負いたくない」

ジェミールは、まだ声に気が付いていないクインを手で制して、耳をすます。

声が聞こえてくるのは、衛兵が待機する建物の中からではない。裏にいるようだ。

きっと、誰にも聞かれていないつもりでいるのだろう。小声で、訴えるような声が響いている。

「昨日、あの時の令嬢が謁見に向かわれました。案内をしたアドラに聞きました。彼女は……領地へ戻るために陛下に挨拶に見えられたそうです」

「――何が問題だ？　私には関係ないことだろう」

もう一人、もう少し低い、年配に聞こえる声が不満げに応える。

二人の声に聞き覚えがある気がする。あの舞踏会の日に聞いた声の気もするが、今は当時のことばかり考えていたところだから、そのせいかもしれない。

「デビューもされていない令嬢が、社交をせずに領地へお戻りになられるのですよ!?　私が……彼女のデビューの機会をつぶしてしまった」

もう一人と違って、彼は興奮しているのか、少しずつ声が大きくなっている。

「貴族の令嬢が社交界デビューできないということが、どういうことなのか、私は分かっています。私は――一人の女性の運命を、保身のためだけにつぶそうとしているのです！」

「あまり大きな声を出すな。罪だの運命だの、大げさに言いすぎではないか」

必死の訴えに答える声は冷たく、ぞんざいだ。そんなことを言い出す相手が、煩わしくてならないというのが伝わってくる。

「大げさなどではありません！　本来なら、あの方は公爵夫人となるかもしれなかったというのに……！」

公爵夫人という言葉に、ジェミールは確信する。

やはりこの声の主はあの日の衛兵二人だ。そして、二人が話題にあげている女性がジェミールの番。

「はっ！　公爵夫人？　あんなみすぼらしい娘が、そんなわけがないだろう」

嘲るような声が、令嬢を蔑む。

みすぼらしい……そう表現されたところで、ジェミールの思考が別の方向へ変わる。

……衛兵たちが話しているのは、彼女ではないかもしれない。あの日見た彼女は、みすぼらしいと表現されるような人ではなかった。

それどころか、この世の何よりも美しく、彼女ほど光り輝く存在があるものかと驚愕した。彼女は世界の神秘。奇跡の結晶である。

関係ない話だったかと、ジェミールが結論づけようとしたところで、また若い衛兵が叫ぶ。

「あの日、閣下が令嬢をお迎えに来られたではありませんか!!　そもそもあの時私に下された命令は、決して令嬢を蔑んだものではありませんでした……！」

閣下と呼ばれる人間は多くない。現在、城にいる中では宰相とジェミールくらいだ。

「ちょ……閣下⁉」

クインの慌てた声が聞こえたが、何を慌てているのか理解できない。

ジェミールは全身の毛を逆立てながら、静かに建物の裏に回る。

「私の落ち度だと言うのか⁉　お前だって、私の傍にいたのだぞ！　同罪だ！」

「分かっております。それでも、私は、あのように悲しげに微笑む令嬢を傷つけたままでいるなど……」

二人の姿が見える状態になっても、男たちはこちらには気が付かない。お互いにひどく興奮している。

「黙れっ‼　それ以上、口を開いてみろ。お前の仕事はなくなると思え！」

一瞬押し黙った若い男は、それでも歯を食いしばって顔を上げる。

「私は、騎士を目指す人間です！　たとえ、この先の道が閉ざされようと……保身のために、人を辱（はずかし）める行為を黙っていることなどできません！」

「このっ……！」

中年の衛兵が手を振り上げたところで、ジェミールはその男の腕を掴んだ。

「そこまでだ。……どういうことだ？」

驚いて振り返った二人の衛兵の顔が、瞬時に真っ青になる。

ジェミールに腕を掴まれている男は、腰を抜かしてしまったのか、その場にくずおれる。

男の体を支えるなど考えるだけでも虫唾が走り、ジェミールは放り投げるように男を放す。

「説明をしろ」

低い声で言って、地面に転がる衛兵に視線を向けると、男はガタガタと震えて言葉を発せられる状態ではなかった。

それさえも腹立たしい。罪を犯しておきながら、言いわけも謝罪もできないとは！

すぐさま頭をつぶしてやろうかと息を吸い込んだところで、震える声がジェミールを遮る。

「第一隊、クラフ・クインティールでございます。申しわけありませんでした」

もう一人、傍に立っていた若い衛兵に目を向けると、彼は両手両膝を地面につけ、頭を低く下げていた。

まだ配属されたばかりだとクインが言っていた。当然、将軍から声をかけられることなどない。しかもそれが直接の叱責であるからには、彼が今、凄まじい恐怖に襲われているだろうことは想像に難くない。それを証明するように全身が震えている。

当然だ。ジェミールの怒りを間近から浴びているのだから。彼の体勢は、足に力が入らないからこそかもしれない。

それでも、こうして声を発していることは評価してやってもいい。

ジェミールは黙ったまま、先を促した。

クラフがたどたどしくも説明するのは、はらわたが煮えくり返るほどの事実。

あの舞踏会の日、彼女は侮辱され、城を辞したのだ。

クインが途中、「なんてことを」と呟いたのを聞いた。

話を聞き終わっても、ジェミールは動けなかった。嫌がられたわけではないかもしれないと高揚していた気持ちは冷えていた。自分が発した命令が、彼女を蔑む原因になっていたのだ。

「私の、連絡ミスでございます。申しわけありません」

クインもジェミールの横に片膝をつく。

「いい。それよりも、その転がっている男の首と胴体を切り離しておけ」

何を言っているのか分からない不快な悲鳴が聞こえたが、それを無視して踵を返す。

謝りに行かなければならない。

「馬を連れてこい!」

建物の裏側から出て大声で叫べば、ジェミールの姿を見た衛兵が大慌てで走っていく。

自分で走った方が早かったかと、軽く舌打ちをしてしまう。

「クイン、調べてこい」

ジェミールが短く命じると、クインは何も問い返すことなくすぐに動く。

「かしこまりました」

転がった男の後始末は後回しにして、クインが昨日の謁見記録を調べに行った。王への謁見を申し込む貴族は多いが、社交界シーズンが始まったばかりのこの時期に、暇を告げる謁見など一つしかない。

自分よりも王が先に彼女と出会ったことに、ぶつけようのない怒りが胸の中にくすぶる。

彼女の美しい金茶の瞳に、王の姿を映したのか。彼女は何を思っただろう。

彼女に謝罪もしていないうちから、あの瞳に映った人間へ嫉妬を覚える。一方で、自分勝手な思考を抱く自分自身に怒りも湧く。

しばらくして、クインが昨日の謁見記録を調べて戻ってきた。

カランストン男爵。娘の名前は、フィディア。

彼女の名前を口にしようとして……やめた。それは、彼女から名乗ってもらって、名を呼ぶ許可を得てからがいい。

　カランストン男爵は、王都にいる間はタウンハウスを借りているようだ。

　すぐさま向かったが、ジェミールが男爵家の滞在している場所に行った時は、もう彼らは出立した後だった。昨日、王との謁見が終了後にすぐに発ってしまったらしい。

　ジェミールは、急いで城とは反対側に馬首を巡らせる。

「閣下。お待ちください。男爵のもとへ行かれるのならば、準備が必要です」

「必要ない」

　クインの助言を切って捨てて、馬を走らせようとしたところで、冷たい声がかかる。

「閣下の準備ではありません」

　クインにようやく視線を向けると、呆れたような目を向けられた。

「貴族への訪問マナー、ご存じですか?」

「うぅっ……」

「礼儀知らずと言われたらどうします?」

　クインの言うことはいちいちもっともだ。だが、そんなもの無視してしまいたい。

「……手紙を」

　最速で彼女を追いかけたい。今から走れば、男爵領に着く前に追いつけるかもしれない。

しかし、それはマナーに反する。そうすることで、ジェミールが彼女をさらに軽んじているとと取られかねない。

さらに悪印象を持たれるのは嫌だ。すでに出会う前から印象を悪くしているのだ。これからは完璧な対応で、少しでも挽回したい。

「そもそもカランストン男爵領に行っても、領主の館の正確な場所を知らないでしょうに」

「そこは匂いでどうにかなるかと」

「なりません」

クインに冷たく言い切られて、熱くなっていた思考が冷える。

「留守の間の執務を、先に終えられてからにしてください」

最後の言葉は、聞こえなかったふりがしたい。

次の日、準備を整えて馬車で出立した。

カランストン男爵への手紙は昨日のうちに出した。その手紙を追い抜かないように行かなければならない。ゆっくりと、最速で。

なんと難しいことか。

「早馬でないのですから、落ち着いてください。本来ならば、返事を待つべきところですよ」

「そこまでは無理だ」

クインにあからさまなため息を吐かれるが、そこは譲れない。

本当なら、騎馬で駆け抜けたいところなのだ。

そうして、ジェミール一人だったら一日で着くところを、二日もかけて辿り着いた。

クインが先に屋敷の玄関へ向かい、訪れを知らせる。

ジェミールは馬車の中で服装の乱れがないか最終チェックを行い、毛並みも整えた。

まずは、求婚して……いや、舞踏会の謝罪が先だ。いや、自己紹介からか？　そうか、彼女と自分は初対面だ。

今更その事実に気が付き、挨拶を考え始めたところで、クインが馬車に戻ってきた。

ドアが開いた瞬間、降りようとしたジェミールをクインが押しとどめる。

「……なんだ？」

「いらっしゃいませんでした」

「――手紙を出したはずだが」

返事はもらっていないが、彼らが王都を出発した日から逆算して日時を記した。

貴族ならば、自分よりも高位の者が訪ねてくる場合は、歓待するのが普通だ。誇示するわけではないが、公爵が領地の屋敷を訪問するとなれば、喜ぶべき事態のはずだ。

「……まだ、王都からお戻りではないそうです」

「そんなはず……」

ジェミールたちが出発したのは、カランストン男爵が出立した二日後だ。

追い越さぬよう、通常のスピードでここまでやってきた。だから、帰っていないはずがない。

「避けられて……いるのか」

ジェミールが呆然と呟いた言葉に、返事はなかった。

主人が戻ってきていないという理由で、公爵からの訪れを躱(かわ)したのだろうか。

このような突然の訪問の依頼ならば、こちらもマナー違反すれすれのことをしている自覚はあるので何も言えない。

彼は、込み上げる情動を抑えつけるように一度強く目を閉じた。そして開くと同時に決意する。

「もう一度、手紙を。……今度は、きちんと返事を待つ」

諦めきれない。

彼女に、一目だけでも会いたい。会って、求婚して……ダメでも、彼女の口からその答えが聞きたい。

避けられたことにひるんで、このまま王都に戻っては、同じことを繰り返すだけだ。

ここで彼女に会えなかったのは、自分の弱さが招いたこと。

最初の舞踏会で、父親にエスコートされた彼女から挨拶を受ければ、何も問題がなかったのだ。彼女を自分が横にいない状態で他の男たちの視線にさらすことが許せなかった。

彼女が嫌がって帰ったと聞かされても、招待客リストから簡単に割り出せたはずだ。欠席した招待客の中で、デビューを控えた令嬢など、彼女以外にいるはずがない。探して、真意を問えばこんなにこじれなかった。

三度目だ。

ここで諦めれば、本当に次はない。

ジェミールは決意を固めてクインを見た。クインは黙ったまま頷き、粛々と宿の手配を始めた。

カランストン男爵領には宿の類がなく、隣の領の宿を取った。

ジェミールはもう一度手紙を書いた。突然の訪問依頼を詫びた後、いつ伺えばいいか返事を求めた。

そうして、手紙を出した二日後、カランストン男爵から返事が届いた。

◇

王都とは違う、賑やかな声が飛び交う市場。

王都は上品で華やかなイメージだったが、王都から半日かかるほど離れたここは賑やかで、雑多だ。

フィディアたちは王都からの帰り道、商人の街、イニアに寄っていた。

田舎では手に入りにくい薬や本を買い求めるためだ。また、機械仕掛けの道具などが展示されていて、どれを領地に持って帰ろうかと予算と相談しながら買い物をする。

「お父様！　これ美味しいわ。みんなのお土産にしましょう！」

「本当！　美味しいわ！　日持ちするかしら？」

フィディアと母は、そのついでに、屋敷のみんなのお土産を調達する。まあ、みんなと言ったって、執事と、その妻が侍女として働いてくれて、通いの庭師と料理人がいるだけなのだが。

わいわいと話しながら、多くはない予算の中で買うものを精選する。王都よりも、よほどこちらの方が楽しい。

　そうして、ゆっくりと数泊もしてようやく帰路についた。

　屋敷……と呼べるのかと、王都の街並みを見てしまった後では疑問が残る我が家に辿り着くと、執事であるライアンが大慌てで飛び出してきた。

「旦那様！」

　貧乏な男爵家だが、ライアンが接客をしてくれるため、貴族が来訪してきた時に面目が保たれている。そのライアンが慌てている。

「どうした？　留守の間ありがとう。元気そうで何よりだ」

「お帰りなさいませ。ご無事のお戻り、何よりでございます」

　お互い挨拶を交わした後、ライアンが手紙を差し出す。書斎まで行く間も与えず差し出された手紙に、父は目をぱちくりさせながら、反射的に受け取った。

「すぐさまご開封ください」

「そんなに急ぎなのか？　……アンドロスタイン公爵？」

　父が手紙をひっくり返して、驚いた声をあげる。

　父の口から出た名前に、フィディアの心臓が跳ねた。フィディアに用事があるわけではないだろうに、彼からの手紙だと聞いただけで、父の手元を覗き込みたくなる。

「なんのご用だろう？」

父は首を傾げながらも、その場でライアンから受け取ったペーパーカッターで封を開けた。

母は仕事の話だろうと判断して、従者にさっさと荷物を運ぶように言って、荷ほどきをしに行ってしまった。

フィディアも母について荷ほどきをすればよいのだが、手紙が気になって仕方がないので、父の横に留まっていた。しかし、父は一向に手紙から顔を上げない。

「そして、旦那様。アンドロスタイン公爵閣下が、昨日、ここにいらっしゃいました」

「閣下ご本人が⁉」

父は、声を裏返しながら目を見開く。

「従者の方が玄関までお越しになりました。ご本人が馬車に乗っていらっしゃったようです」

父は手紙にもう一度視線を落とし、頭を抱える。

「公爵閣下が……なんのご用だろう？　手紙には訪問したい旨と、訪問日時が書かれている。……ちなみに日付は昨日だ」

アンドロスタイン公爵は、確実に王都にいらっしゃったはずだ。

フィディアたちが王都を出発した日にも、公開演習を行っていたというのに。

演習後、出発して、買い物をしていたフィディアたちを追い越してしまったのだろう。

そんなに急いで追ってこられたということだ。

「……とりあえず、中に入ろう。お茶を入れてくれないか」

父に促され、屋敷の入り口で全員が突っ立ったまま話していたことに今更気が付いた。

「かしこまりました」

ライアンが先に中に入って、父とフィディアも後に続いた。

居間のソファーに座ると、すぐにライアンがお茶を準備してくれる。

「ありがとう」

気持ちがざわついていて落ち着かない。

ジェミールが、ここに来る。

もう彼を見ることすら諦めていたのに、会えるかもしれない。期待と同時に、なんの用で来るのかと不安でならない。

いつもならお茶を飲んでホッとするのに、時間が立つほどに不安が高まってくる。

何も話さずじっとしているところに、馬車の音が響く。

びくりと体を揺らして外を見ると、いつもの郵便馬車が中に入ってくるところだった。

ジェミールのことばかり考えていたので、彼が現れたのかと思ってしまった。

大きく息を吐き出して、どうにか気持ちを落ち着けようと試みる。どうにもならなかったけれど。

「フィディア……」

フィディアの様子に、父が心配になって声をかけようとした時――

「失礼します」

ノックの音がしたと思ったら、返事を待たずすぐにドアが開かれ、ライアンが入室してきた。

それを咎（とが）めるような者はカランストン家にはいないが、ライアンは普段はそんなことはしない。帰った時と同じように慌てている様子のライアンに、フィディアの心臓がどくどくと大きく脈打つ。また、彼の手に手紙が握られていたからだ。

「ライアン、それは、まさか」

父も同じことを考えたのだろう。眉間にしわを寄せて困った顔をしている。

ライアンは静かに頷き、手紙を差し出す。

父は小さく頷き返して、封蝋（ふうろう）を確認してから手紙を開ける。そして、ゆっくりと中身を読んでフィディアに目を向けた。

フィディアは緊張で声も出せなかった。

「王都から戻ったら、我が家への訪問の許可が欲しいと言われている」

何か言おうとしたわけではないのに、喉から変な音が漏れ出た。

「ご用件はなんなのでしょうか」

フィディアの声はおかしなくらい震えていた。

「分からない。どうやらフィディアに話があるようだが……なんの用ですか？　と返すわけにもいかないし。もう、すぐにでもお越しいただこう」

「早すぎるわ！」

父の言葉に、フィディアは驚きの声をあげる。

「二日後にしても、三日後にしても、ずっと緊張しているだろう？　だったら、早めの方がいい」

ずっと緊張しているだろうことは否定できない。だったら早い方がいいというのも理解できるが、どうしてそんなに冷静でいられるのだろう。

「何か、追いかけられるような罪を犯したのでしょうか」

将軍が追いかけてくるだなんて、一大事だ。フィディアたちが将軍の怒りを買うような何かをしたとすれば、一つしか思い当たらない。

「デビューの時、別室待機のご命令を無視したことをお怒りなのでは……」

恐らく私の姿を見た誰かがみすぼらしいと感じ、救いの手を差し伸べるべく将軍に頼んで衛兵を遣わしたのだ。でも、私は早々に城を辞してしまった。結果としてその誰かと、将軍の顔に泥をぬってしまったようなものだ。

でもあの時は、あれ以上の辱めを受ける気にはならなかった。

しかし、もっと気を長くして話を聞かなければならなかったのではないだろうか。

「──用件は分からないが、お前に会いたいそうだ。できる限り準備しておきなさい」

「……私……どうして……」

やはり、お怒りなのだ。

フィディアの手が勝手に震え出してしまう。

自分は悪くないと主張することは、普段だったらできるかもしれない。だけど、憧れのあの方に冷たい目で見られて、そんな主張をすることができるだろうか。

「悪いことにはならないと思うが……あくまで予想だがな」

恐怖で身をこわばらせるフィディアに向かって、父は困った顔で言う。しかし、今のフィディアには父の台詞の意味を問う余裕はない。

「お嬢様が何か罰せられるというのですか!?」

ちょうどその時、お菓子を運んできてくれた、ライアンの妻である侍女、ソニアが叫んだ。

普段は主人の会話に入り込むことは決してしないのだが、今は顔を真っ赤にして怒っている。

「いや、そうと決まったわけでは……というか、違うと思うが」

言葉を濁(にご)した当主のことは視界の隅に追いやり、震える愛しいお嬢様を、ライアンとソニアが気遣わしげに見つめる。

「とても怒ってらしたのね。代わりのドレスをくれるという、せっかくのご厚意を無駄にしてしまったのだから、仕方がないのかもしれない」

誰からの厚意だったのかは分からないが。

あのドレスは、そんなにひどかっただろうか。

日々忙しくしているせいで、領内からほとんど出たことがない。もちろん、貴族との付き合いなどもない。

普段からいいものを見慣れた方々は、それを手に入れられないフィディアを可哀想だと思ったのかもしれない。

フィディアは涙が出そうになって、唇を噛みしめた。

「怒っていらっしゃるような手紙ではなかったよ。だから、安心しなさい」

父の言葉にフィディアは頷いて、無理矢理に笑みを浮かべる。

父はその笑顔にホッと息をついて、ライアンに向き直る。

「返事を書く。すぐに出してくれ」

「かしこまりました」

父とライアンが部屋を出ていく。彼らを見送ってから、フィディアも深呼吸をしてこれからやるべきことを考える。

将軍がお見えになるのならば、それなりの格好と出迎えの体裁は整えなければならない。豪華な歓迎はできないが、花を飾るくらいはできる。

そして、自分の衣装もだ。

「捕らえられる可能性がある限り、会わせるわけにはいきませんわ！　こんな素晴らしい女性を捕まえに来るだなんて！」

フィディアが不安を落ち着けるために、忙しく頭を働かせる横で、ソニアはお嬢様を守ると使命感に燃えるのだった。


――数日後。

いつでもお待ちしておりますと父が返信すると、ジェミールから二日後のお昼過ぎに伺うと丁寧な返信があったらしい。

フィディアは自分が持つ衣装の中で一番綺麗なワンピースを選ぶ。淡いピンク色のパフスリーブで、スカートに切り返しがついた可愛らしいものだ。

フィディアが持っている服は、ほとんどが汚れても大丈夫な実用的なものばかりだが、その中では珍しく可愛らしさを強調した服だ。

このワンピースも街娘がおでかけに着るような、貴族からしたら簡素なものだが、そもそも豪華なドレスは持っていない。一番高いものが、先日の舞踏会でみすぼらしいと言われてしまったドレスだ。

せめて、髪だけでも母に結い上げてもらい、どうにか体裁を整える。

玄関の花をチェックして、もうそろそろ見える頃だと振り返ったところに、ソニアがいた。

「お嬢様、私がお守りします！」

「え？」

驚いたままのフィディアの手を取り、ソニアはずんずんと歩き続ける。そして、庭の農具倉庫に辿り着いた。

「お嬢様！　ここに隠れてください」

「ええっ？」

さすがにそれは、無理じゃないだろうか。

すでに手紙で約束を取り付けて、フィディアに用事があると言ってきているのに、ここに隠れているなんて。

そう言い募ろうとしたのに、ソニアは鼻息荒く農具倉庫から出ていってしまった。

――思ってもみないことになってしまった。

農具倉庫はあまり来ることはないが、馴染みのある道具がたくさん収納されている。土と緑の香りがして、とても落ち着く。ジェミールが来るまで、ここで休憩するのもいいかもしれない。

あのまま玄関で待っていても、きっと緊張で固まっていただけだ。

それにしても、ソニアがフィディアを守るとは、どうするつもりなのだろう。彼女がやってきた使者に強気で食ってかかり、使者がたじたじになっているところを想像して、フィディアはくすりと笑った。

しかし、あまり強引なことをして、彼女が罰を受けるようなことになってはいけない。様子を見て戻ろうと思いながら、フィディアは深呼吸をした。

そこに、馬車の音が響いた。

がらがらと蹄の音を響かせながら門から走ってくる。蹄の音が多い。きっと、二頭立て以上の馬車だ。仰々しい。

やはり、四人となる人間を護送するために、大きな馬車でやってきたのだろうか。

ソニアが失礼なことをする前に出ていかなければならないが、恐怖の方が大きい。

フィディアはそっと、農具倉庫から顔だけ出して馬車を窺う。

遠目にも分かる、豪華な馬車だ。

美しい白馬が、金に縁取られた馬車を引き、まるで王子様がお姫様を迎えにやってくる物語のワンシーンのようだ。

フィディアが見つめる先で、馬車は停まり、屋敷からライアンが出てくる。

そろそろ戻らなければ。フィディアは応接室にいることになっているはずだ。

ソニアはこのままここに隠れていてほしいようだったが、そんなことはできない。

大したことがない罪状であれば、厳重注意程度で、この場で終わってしまうかもしれない。あの馬車を見る限り、罪人を連れて帰ることは想定していないような気もする。

言いわけを頭の中で考えながら、どうしても譲れない思いが胸に溢れる。

――罰を受けても叱責されてもいい。ジェミール様を一目でもいいから見たい。

見つかったら逮捕されてしまうかもしれないけれど、彼がいると考えるだけで、傍に近づきたくなってしまうのはどうしようもない。

一度だけでいい。彼に会いたくて仕方がない。

フィディアは心の中でソニアに謝りながら、そっと倉庫を出る。

屋敷に戻る前に、もう一度馬車に目をやる。すると、馬車から猛スピードで男性が走ってくるのが見えた。

こんなところにいる女など、ただの使用人だと捨て置いてくれたらよかったのに。

ここにいた口実を考えながら、少し乱れていた服装を整えた。そして、こちらに向かってくる男性を再度見据え……フィディアは息を呑んだ。

視線の先には、銀髪を乱しながら息を荒くしたジェミールが立っていた。何故だか、両目を見開いてフィディアを凝視している。

今日は使用人には見えない、よそ行きのドレスを着てしまった。こんな服じゃなかったら、この倉庫から出てきてもおかしくなかったのに。

フィディアは、頬に熱が集まるのを感じながらそっと彼を見上げた。すると、目が合った途端、彼はふわりと優しく微笑んで、軽く服装を整える。白を基調とした軍服で、袖口や襟元（えりもと）に金の刺繍（ししゅう）が施されている。胸元には、フィディアが見ても分からない勲章（くんしょう）のようなものがいくつも飾られていた。

　華やかな軍服もあっさりと着こなしてみせるジェミールから、フィディアは目が離せない。

　普通、軍服を纏った長身でがっしりとした男性が、こちらに近づいてくるだけで威圧感があるはずなのに、彼からそれを感じない。

　威厳はある。近づきがたい雰囲気もあるはずなのに、彼に近づきたくてたまらなくなる。

　きっと、彼が、とても優しい微笑みを浮かべたままだからだ。

　心臓の音が、どんどんと速く大きくなる。

　――彼が、すぐそこにいる。

　フィディアを、その青みがかった、美しくきらめく暗い瞳に映している。

「突然、お声をかけてしまい申しわけありません。私は、ジェミール・アンドロスタインと申します」

　ジェミールは胸に手を添え、腰を曲げて丁寧な挨拶をした。

「そっ……そんなっ、私のような者に、そのような挨拶など！」

　カランストン家は男爵だ。公爵である彼が、腰を折るような真似をする相手ではない。

　しかも、自分自身で名乗ってまで。

慌てるフィディアを、彼は目を細めて見つめている。

その視線は優しく、どこか甘さを含んでいるようで、フィディアをさらに落ち着かなくさせる。彼はフィディアに対して怒っているのではなかったのか？

それから問いかけるように首を傾げられ、はっとマナーを思い出す。

「フィディア・カランストンと申します。自己紹介が遅れたことお詫び申し上げます」

小さくスカートを持ち上げ、ぎこちなく淑女の挨拶を返す。

「フィディア……なんて素敵な響きだろうか」

ジェミールがフィディアの名前を呟いた。たったそれだけで、胸が痛いほどに高鳴って、頬がさらに熱くなっていく。

今、自分はどんな顔をしているのだろう。

彼に見せていい表情ではない気がする。

「あ……ありがとうございます」

かろうじて絞り出した声は、ドキドキしすぎているせいでかすれてしまっていた。

「カランストン嬢」

ジェミールが甘く低い声でフィディアを呼んだ。

惚けていたフィディアは、我に返って返事をしようとしたところで……彼の頭の位置が低いことに気が付く。

いや、低すぎる。というか、フィディアの前に跪いていた。

「閣下!?」

思わず悲鳴のような声が出た。

男爵令嬢に公爵が跪くとは何事だろうか。

しかも、ここは掃除の行き届いた王城でもなく、外で、倉庫のすぐ前。彼の高級な衣服に泥がついてしまう。

「どうか、ジェミールと」

「えっ!?」

呼べるわけがない!

何が起きているのか分からずパニックになっているフィディアの手を取って、ジェミールは彼女の手の甲にキスをする。

見上げてくる彼の瞳は熱くフィディアを見つめる。

陸に打ち上げられた魚のように、ぱくぱくと口を開け閉めすることしかできない。

空気が足りない気がする。自分の周りから空気が減ってしまったのだと思う。

フィディアが目も口もまん丸にして見つめる先で、ジェミールの尻尾がぶんぶんと振られている。

フィディアは彼から見つめられることさえも恥ずかしくて、腕を引いたものの、彼は離してくれない。彼が握った指先から溶けていってしまいそうだ。

彼は切なげに眉根を寄せて、握った彼女の手を額にあてる。まるで懇願しているような仕草に、フィディアの鼓動はさらに速さを増す。

何が起きているのか理解するには、あまりに非現実的な事態が溢れすぎている。

彼がもう一度顔を上げて、強い視線でフィディアを射抜く。

「カランストン嬢……どうか、私と結婚してください」

あ……もう無理。

完全に許容量を超えた。脳に血が行き渡らず、フィディアは気を失った。


ふっと、意識が覚醒した。

太陽の位置が高い。昼寝をしたのだったか……？

フィディアは自分の置かれた状況が分からず、視線を巡らせたところで、ふいに銀色の髪が目に飛び込んできた。

「フィディア嬢、目が覚めたか」

目の前に、嬉しそうに微笑む精悍(せいかん)な顔が迫る。

ジェミールは、ベッドに横になっているフィディアの横にひじをつき、その顔を覗き込んでいた。

起きた途端、目の前に男性がいるとは。ちょっとしたパニックだ。

「閣下……!?」

思わずフィディアは悲鳴をあげそうになったが、彼の頭の上で耳がぴくぴく動いているのを見て、少し気持ちが落ち着く。………可愛い。

「ああ、驚かせてすまない。君が気を失ってしまってね。ベッドまで運んだのだ。カランストン男爵もそこにいるから心配いらない」

ジェミールが示す方を見ると、父がのんびりとお茶をしているのが見えた。

ここは屋敷の客間のようだ。そこのベッドにフィディアは横になり、ジェミールが寄り添い、少し離れた場所にあるテーブルで父はお茶を飲んでいる。

父はいつもと変わりなく、フィディアと目が合うと、気軽にひらりと手を振り返してくる。

状況が読めない。

「それより、痛いところはないか？　お腹は空いていないか？　欲しいものは？　なんでも言ってくれ。喉が渇いているだろう？　果実水を用意してもらった。どの味がいい？　オレンジ？　リンゴ？　甘くないミントやレモンの方がいいだろうか。ああ、ストローが必要だな。持ってこさせよう。起き上がれそうかな？　無理そうなら、俺が体を支えてあげよう。さあ――」

「閣下」

立て板に水のごとく話すジェミールを、低い声が制止する。

「クイン、今いいところなんだ」

ジェミールの手が、フィディアに伸びてくる目の前でピタリと止まり、彼の視線だけがジロリと後ろにいく。目の前まで伸ばされた手が動きを止めたままというのも、結構な緊張を強いられるので、下ろしてほしいのだが。

「よくないですよ。何を公然と女性に触れようとしているのですか」

クインと呼ばれた人が片手を上げると、見たことのない侍女がすぐに傍に来てくれる。

その間に、ジェミールは、クインに後ろへ引っ張られてフィディアから離される。

侍女はフィディアの背中を支えながら、楽に起き上がれるようにクッションを敷いてくれる。

これは……どこから出てきたものだろうか。カランストン男爵家にあるはずがないほど柔らかく上質なものだ。

「馬車の中で予備に置いているものですので、ご心配に及びません」

フィディアの表情を読んだのか、侍女は優しげに微笑んで教えてくれた。この高級なクッションが予備ですか。というか、あなたはどなたですか。

そして、目の前にはあらゆる種類の飲み物が準備されていく。

「あの……そこまでしていただくほどではないのですが」

これまでの人生、こんな丁寧な扱いをされたことがない。

しかも、今は倒れてしまったけれど、本来は健康優良児だ。もう普通に立てると思う。

いや、公爵閣下とその副官様がいらっしゃる前で、たとえ自分の家だろうと一人でベッドに横になっているなんて。どこにもゆっくりできる要素がない。

「ごゆっくりなさってください」

クッションを敷いてくれた侍女が、両手でグラスを渡しながら、優しく微笑んでくれる。

でも、せっかくいただいたのだから、全く口をつけずに突き返すわけにもいかない。

他に視線を向けられずに、そっと果実水に口をつける。

飲んだ瞬間、爽やかなレモンの香りが鼻を通り抜けていって、とても美味しい。自分では意識していなかったが、喉が渇いていたようだ。

ごくごくと飲んだ後、息を吐いて、顔を上げた。

心配そうにフィディアを見つめるジェミールと目が合って、軽く頭を下げる。

「美味しかったです。ありがとうございます」

お礼を言ってから、もう一度視線を合わせると、何故かジェミールはとても驚いた顔をしていた。「動いた……」と呟いたような気がするが、何が動いたのだろうか。

何故驚かれているのか分からないが、耳がピンと立っていて、可愛らしい。思わず頬が緩み、彼に微笑みかける。

すると、ジェミールははっと息を呑んだ。そして次の瞬間には、手の中にグラスはなくなり、フィディアは両手を握られていた。

「っちょ……!? 閣下！ グラスを放さないでください！ 割れたらどうするんですか！」

クインの慌てた声が聞こえるが、両手を包むぬくもりに、何も考えられなくなってしまう。

アンドロスタイン公爵に、手を、握られている！

「フィディア嬢」

いきなり名前で呼ばれて体がびくんと震えた。だけど、手は離されず、しっかりと彼に握られている。そして、ベッドの脇に膝をついたジェミールが、フィディアを見上げてくる。

その麗しさに、またしても意識が遠のきそうだ。

「は、はいっ！」

体は固まって動けないが、どうにか返事はできた。この状況では、上出来だと思う。

何故彼が、こんなに傍にいて、自分の横に跪いていのか。フィディアの認識では、彼は、今朝までは目を合わせることもできない天上の方だったはずだ。

「閣下。ですから、女性にそう簡単に触れてはいけません」

クインが注意をしてくる。

その向こうに座る父は、こちらを気にもせずに茶を飲んでいる。さすがに無理矢理どうこうあれば助けに入ってくれるのだろうが、フィディアが対処できると信じてくれているということだろう。

しかし、ここは声を大にして言いたい。

——助けてほしい！　頭がパンクしそうだ！

憧れの方に、手を握られて上目遣いで見つめられるなんて、何をどうしたらこんな状況になるのか、しっかりと説明してからにしてほしい！

「公爵閣下」

きちんと話をしようと真面目に呼びかけたのだが、フィディアの呼び方が、彼は気に入らなかったようだ。

「フィディア、ジェミールと呼んでほしい。ああ、ジェムでもいい」

少し体を離して、顔を覗きこまれる。

どんどん親密な呼び方に変わっていくが……それは……どうだろう。初対面の男性をいきなり愛称で呼ぶのはハードルが高い。しかも、相手は公爵閣下だ。

本当ならば、名前を呼ぶことさえ畏(おそ)れ多い相手なのだ。

「でも……」

それはできないと伝えようと口を開いた途端、彼が両手をぎゅっと握りこんだ。

「愛称で呼び合いたい。……ダメなのか？」

彼の唇が両手に触れそうなほど近づけられて、そこから上目遣いで見られた。

眉間にしわを寄せて、気に入らないと言わんばかりの表情だ。

細められた黒い瞳も、眉間のしわも、怖いと感じて当然のはずだった。

しかし、頭の上の耳がぺったんこで、尻尾が床の上を左右に揺れて、寂しいと言われているような気になる。

表情以外が、明らかに『しょぼん』のリアクションだ。

……前言撤回しよう。今、何を説明してもらっても、全く聞こえない気がする。

胸が高鳴って、パニックになっているのに、温かい手が安心をもたらす。

どれくらい手を握られたまま見つめ合ったのだろう。

今すぐ名を呼ぶのは心の準備的に難しいという状態なのだ。

助けを求めて他に視線を回しても、フィディアと目を合わせてくれる人はいない。ひたすら、悲しそうな耳だけが視界に入ってくる。

「ええと……ダメ、というわけでは……ない、ような……？」

無理矢理答えると、ジェミールの耳がピンと立つ。さらには、尻尾がぶんぶんと振られているのが見えた。

「そうか！　では、呼んでくれ。ジェムだ」

ここで、今すぐに、公爵閣下に『ジェム』と親しげに呼びかけろと言うのか……！

名前に様をつけるならまだしも、いきなり愛称は無理だ。

口を開けたり閉めたりしていたフィディアを見かねてか、父が立ち上がる。

「閣下」

いつもより低い気がする父の声に、ジェミールが振り返る。

「娘は男性に慣れておりません。そう急かさないでくれますか」

――随分、横柄な物言いだ。

使用人にさえ丁寧な父が、ちょっと強く出ていることを意外に感じる。

「それとも、舞踏会のことを何も説明せずに、なし崩し的に求愛してしまおうとされておりますか？」

舞踏会のこと？

フィディアが首を傾げるのと、ジェミールが慌てて立ち上がるのは同時だった。

「いやっ！　それは、きちんと謝罪する気でいる！　フィディアの愛らしさの前で、忘れていただけだ！」

またもや放たれた甘い言葉に、再び頭に血が上って気を失いそうだ。

父は小さく頷き、彼に先を促すように手で示す。

父が、すごい。

公爵閣下を相手にしても、いつもと変わりない態度を貫き、返事をきちんとしている。

改めてすごいなと思ってしまった。

ジェミールは悲しそうな表情をして――それ以上に尻尾と耳がふるふる小刻みに震え

ていたので、とても悲しいのだなとフィディアは悟った。

「あなたのデビューの日、私は大きな失敗を犯してしまいました」

ジェミールの視線が、フィディアを捉える。

今にも泣きそうな目をして、とても怖がっているように見えた。……尻尾を見れば、怖がっているのは一目瞭然だったが。

「あなたをエスコートしたいと自分で言わず、衛兵に伝言を頼むような真似をいたしました。そのせいで、カランストン男爵、貴殿にひどい汚辱を与えてしまうことになりました」

デビューの日に、エスコート。

頭の中でもう一度その言葉を繰り返した。

——誰が、誰を?

それよりも、そろそろ視線を外してもらわないと、息ができない。

彼の瞳の中に自分がいることが信じられなくて、信じたくて。ずっと見つめていたいのに、見つめられれば逃げたくなる。

ベッドから一歩引いて、ジェミールは話し出した。

フィディアがデビューしようとした日の真実を。

舞踏会の会場で遠くにいる彼女を見つけ、一目ぼれをしたくだりを聞いて、フィディアは目を丸くしてしまった。フィディアを別室にいるよう命じた誰かとは、ジェミール本人だったのだ。

「私があなたを独り占めしたいと願ったせいで、ひどい目に遭わせてしまった」

深く頭を下げられて、フィディアは慌てる。

こんな謝罪さえも、甘い言葉で飾られては怒ることもできない。

それに、理由が分かったのなら、それでいい。

別に不名誉な噂が広がったわけでも、乱暴なことをされたわけでもない。

フィディアがデビューすることが、嫉妬に駆られて許せなかったと彼に言われているのだ。

理解すると、じわじわと顔に熱が集まっていき、真っ赤になってしまっていた。

「フィディア、どうだ？　許せるか？」

許す許さないなど。そんな選択肢が与えられるなんて、考えてもみなかった。

父から問いかけられて、フィディアは微笑みながら頷く。

「もちろんです」

何より、こんな情熱的な告白なんて、他にはないに違いない。

「暴言を吐いた衛兵を捕まえてくれているぞ？　煮るなり焼くなり切り刻むなり、好きにしろと言われた」

「必要ありません！」

父から出てきたと思えない乱暴な言葉に、フィディアは目を丸くする。

「それに……ええと、案内をしてくださった方は、とても気遣ってくださいましたし」

上司にあたる人が、フィディアをみすぼらしい令嬢だと決めつける中で、もう一人の若い衛兵は最後までフィディアを心配してくれていた。とてもいい人だったと思う。

「あ、今、彼の処刑ランクが一気に飛び上がりましたよ」

クインが物騒(ぶっそう)なことを言うので、フィディアは慌てて口を開いた。

「あの、処刑などはもちろん、罰なども与えないでほしいのですが」

そうは言っても、規律に厳しい軍隊の世界だ。将軍からの命に従いつつも、勝手に判断し、フィディアたちを侮辱したところは処罰を受けるに値するだろう。

「そちらの事情に口を挟むつもりはないのですが、案内をしてくださった衛兵の方の名誉のために、彼はとても親切だったという言葉をお受け取りいただけたらと思い……ます？」

フィディアは、ただねじ曲がった情報が伝わらないようにと、真実を言ったつもりだったのだが……どういうわけか、ジェミールは無表情で瞬きもせずに固まっていた。

クインが腕を交差させて、やるせない様子で首を横に振る。

父はそんなジェミールとフィディアを交互に見て、呆れたように部屋を出ていった。

何故ここで、フィディアを置いて出ていくのか。

思わず呼び止めようとして差し出した手を、横から攫うように掴まれる。

「そんなに、彼が心配か⁉」

「は……⁉　か、彼、ですか……？」

『彼』とは誰のことを言っているのか分からない。父であれば、家族が大切なのは当然だし、今出てきた人といえば……

「え、衛兵の方々ですか？」

「それ以外に誰がいる⁉」

困惑して尋ねるフィディアに、ジェミールは鬼気迫る表情で詰め寄った。

衛兵の方を心配したというよりは、そんな命令を受けて、フィディアの質素な容姿を見て勘違いした人たちが罰を受けたら、夢見が悪いような……という罪悪感を刺激されたから出てきた言葉だ。フィディアが、誰が見ても一目ぼれをされるような女性ではなかったというだけだ。

絶世の美女か、豪華絢爛な衣装を着た人だったら、こんなことは起こらなかっただろう。

「進言がご不快だったということでしょうか。申しわけありません。戯言とお聞き流しください」

当然だが、軍規定まで口出しをする気はない。

そして、ジェミールに逆らってまで彼らをかばうこともない。あの夜のことは、やはり辛かったし、あんな言葉をかけられなければ、こんなに傷つくことはなかったという想いもあるのだ。

「……聞き流していいのか？」

「え？　はい」

わざわざ聞き返されたが、首を傾げて頷く。

「クイン」

フィディアを見つめたまま、ジェミールが背後の副官に呼びかける。

「では、軍規定に基づいて処分を判断いたします。どんなに厳しくしても、首と胴体は繋がったままになるかとは思います」

淡々とした言葉が返ってくる。フィディアは目の前のジェミールを見つめることもできず、クインの方に視線を向けると、彼と目が合った。

「私はクイン・ラドと申します。将軍閣下の補佐、副官の一人として勤めております」

丁寧な挨拶の後、彼は眉を下げて、大きく頭を下げた。

「申しわけありません」

「はっ……？　ふ、副官様⁉　あの⁉」

ジェミールに頭を下げているのならいいのだが、明らかにクインはフィディアに向かって謝罪をしている。

ジェミールはもちろんだが、その副官ともなれば、高位の貴族かよほど優秀であるかだ。フィディアに頭を下げるような人物でないことだけは確かだ。

「閣下から命を受け、衛兵に伝令したのは私です。私の情報伝達が不充分だったのです。衛兵が勘違いしたのは、私にも大いに責任があります。本当に申しわけありませんでした」

どんな命令が、どのように伝わったのかなんて、考えてもみなかった。通常、命令がどうやって伝わっていくのかさえ、フィディアは想像もつかない。

それを謝られても、フィディアは目を白黒させるしかないのだ。

クインもそれは理解しているのか、頭を上げて微笑む。

「閣下。私も処分の対象となります。お傍を離れることになり、少々ご不便をおかけするかと思います」

「……それは困るな。数カ月のただ働きくらいで終わらせてくれ」

フィディアの手は握ったまま、ジェミールはクインを振り返る。

クインは静かに微笑んで、頭を下げて部屋を出ていった。ジェミールはその背中を見送った後、小さく息を吐いた。

「フィディア、辛い思いをさせてすまなかった」

「いいえ。もう充分に謝っていただきました。あの……副官様は、よいのですか？」

「数カ月の謹慎(きんしん)……とか考えているだろうな。まあ、謹慎(きんしん)しているなら、俺の執務室をクインの自宅に移動させる」

そう言って、ジェミールはニヤリと笑う。

いたずらを思い付いたような表情に、フィディアの表情も自然と緩んだ。

相変わらず手は握られたままで、ドキドキする。だけど、それも少し心地よくなってきている。

嬉しくて、フィディアはくすくすと小さく笑い続けた。

ジェミールが、じっと微笑むフィディアを見つめている。そして、フィディアの両手を改めて握りなおした。

「結婚してほしい」

おもむろにジェミールがフィディアにプロポーズをした。

さっき会ったばかりなのに。けれど、気を失う前も、同じことを言われたと思う。

どういう話の流れで、ジェミールの考えがそこまでに至ったのかが理解できない。

姿は以前も見たことはあったけれど、彼の瞳の色まで分かる距離に近づいたのは初めてだ。言葉だって、数回しか交わしていない。

そもそも公爵夫人なんてフィディアに務まるのかとも思う。

身分違いも甚だしい――

もっと余裕があった時だったら、もう少しいろいろ考えたのかもしれない。冷静に考えれば考えるほど、苦労する未来しか浮かんでこない。

だけど、今、フィディアは。

「はい」

口が勝手に動いた。

熱に浮かされたように、ジェミールの目を見つめ返した。

フィディアはもしかしたら、まだ眠っているのかもしれない。眠っていて、気を失う直前に見た麗しい彼の夢を見ている状態かもしれない。

だったら、なおさら夢に浸ったっていいじゃないか。

「フィディア！」

ジェミールがフィディアを抱きしめる。

彼の力強い腕に包まれて、頬が熱い胸板に押し付けられる。それから痛いくらいに頬ずりをされて、これは現実だとじわじわと思い知る。

現実逃避して、夢だから好きにしようと考えてもみたけれど、もしもこれが夢だったら辛すぎる。

こんな温かい場所を、夢でした……なんていう落ちで取り上げられるのは耐えられない。幸い、痛いほどの抱擁(ほうよう)が、フィディアに彼が本物だと刻み付ける。

ジェミールの肩越しに動くものがあって、何気なくそちらを見ると、大きな尻尾がぶんぶんとすごい勢いで振られていた。

ぐるぐると回って、ちぎれて飛んでいってしまいそうだ。

フィディアだけが幸せを感じているのではなく、彼も同じように感じてくれているのだと視覚的に示してもらって、思わず笑みがこぼれた。

「失礼いたしました」

その時、誰かの小さな声が聞こえて、ワゴンを押しながら部屋を出ていく足音がする。

フィディアの視界は、ジェミールの体で全て遮られて何も見えないが——今は、二人きりじゃなかった！

さっきから、ぎゅっと抱きしめられて幸せに浸っていた。それを、何人もの人に見られていたということだ。恥ずかしすぎる。

続いて、数人の足音が部屋の外に出ていく。

「閣下……！」

まさか、二人きりにされるのでは！

抱きしめられた状態を眺められるのも恥ずかしいが、ベッドの上で男性に抱きしめられているような状態で二人きりにされるのもいけないのではないだろうか。

「ジェムがいい」

この期に及んで、そんなことで言い争っている暇はない。

「あの、あのっ……！」

彼の腕の中で胸を押し返したり、身をよじってみたりするけれど、抱擁は終わりそうにない。

「逃げないでくれ。あなたがこの腕の中にいる幸せを、今しばらく噛みしめたい」

それは、フィディアだって、彼の腕の中にいることが不快なわけではない。それどころか、ずっとこうしていてほしいとさえ思う。

しかし！

こんなことをしていいのは、夫婦。百歩譲(ゆず)っても婚約者以上だ。婚姻前であれば、屋外の開けた場所で、遠くに誰かがいるような状況でそっと身を寄せ合うくらいにすべきだ。

「結婚前の男女が二人きりになるなんていけません！」

しかもベッドの上で！　その言葉は、言う前にはしたないと思い封印した。

真っ赤な顔で叫ぶと、驚いたように顔を上げたジェミールは、フィディアと目を合わせて微笑む。

「なんて愛らしいんだ」

とんちんかんな感想がきた。

今、倫理について説(と)いていたというのに、全く聞く気があるようには見えない。

ぶんぶんと振りまくっている尻尾を視界から外して、フィディアは彼の後ろ髪を捕まえた。

「いっ……!?」

髪の毛は、力が弱くてもそれなりにダメージを与えられる。フィディア自身が髪の毛をどこかに引っかけた時に経験して知ったことだ。

自分の力では、大したダメージはないだろうと思い切りやってしまったことが災いした。

ジェミールはとても痛かったようで、頭を押さえて顔を歪めてしまっている。

「ご、ごめんなさい……！　そんなに痛いとは思わなくて！」

腕の力は緩んだが、この隙に逃げようなんて考えられる状況ではなくなった。

フィディアは、慌ててベッドから下りてジェミールの背後に回り、引っ張ってしまった髪を撫でながら、傷ができていないか確かめる。

ジェミールが床に膝をついてくれているので、立つと、彼の頭を見下ろせる。

よほど痛かったのか、耳がぴくぴくと前後に揺れていた。

どうやら傷はないようだが、ジェミールはまだ痛がっているのか、全く動かない。相変わらず尻尾が振られていて、それが足に纏わりついて少々くすぐったい。

ジェミールに怪我がないことを確認して、顔を上げて周囲を見渡すと、部屋のドアはきちんと開けられていた。

そこから見える廊下には、遠く離れてはいるが、彼が連れてきたのであろう侍女や衛兵たちがいる。プライベートな会話は聞こえないが、用があって呼ぶ時には聞こえる絶妙な位置なのだろう。

フィディアも気絶した時から着替えてはいないので、少々しわは目立つが、普段の埃(ほこり)まみれな姿と比べれば人に見られて恥ずかしい格好ではない。

慌ててしまったが、しっかりと配慮してくれているようだ。

閉め切った部屋に二人きりにされるなんて勘違いしてしまったことが恥ずかしい。ジェミールは公爵だ。そのあたりは、きちんと判断してくれているのだ。

誤解したことをもう一度謝ろうとした時――

「フィディアッッ！」

「きゃあああっ!?」

突然立ち上がったジェミールに、フィディアは抱えられてしまう。

いつもよりずっと高い位置から見下ろす景色に、フィディアは悲鳴をあげながら、思わずジェミールにしがみついた。

「そんなに抵抗するほど、嫌なのか？」

軽々と抱き上げられて、フィディアは混乱する。

何故、この体勢で真面目な顔で話ができるのだろう。フィディアはただただ恥ずかしくて顔を赤くすることしかできないのに。

彼の腕はフィディアの臀部(でんぶ)を支え、もう片方の腕は背中に回っている。フィディアの手も、彼の肩と胸元に置かれ、軍服の上からでも立派な筋肉を感じ取ってしまう。

「嫌なわけではありませんが、突然で恥ずかしすぎます。どうぞ下ろしてください」

フィディアの消え入りそうな声は、ジェミールにはきちんと聞こえたようだ。

素直に頷くと、ベッドではなく、さっきまで父がお茶をしていたテーブル傍の椅子に下ろされた。

彼はフィディアの体を抱き寄せたまま、器用に椅子をもう一つ引きずってきて、隣に……隣にしてはあまりに近い距離だが……に座る。

「俺は、あなたの願いならば、なんでも叶えたいと思っている」

手を取られ、甲にキスが落とされる。

公爵のその言葉の意味は、重い。彼の権力と資産をもってすれば、結構いろいろなことが可能になってしまいそうだ。

「しかし、あなたから離れることは、この身が引き裂かれようと無理なのだ」

仰々しい言い方をしながら、彼は困ったように微笑む。

身が引き裂かれたら、さすがに離れるのではないかと思うが……。とにかく、離してくれる気はないようだ。

見上げると、彼はじっとフィディアを見下ろしていた。またも、耳がぺったんこになってしまっている。

「それ以外に何かしてほしいことはないか？　なんでも言ってほしい。私にできることなら、可能な限り叶えよう。公爵家の財産と将軍の地位と権力を使えば、意外とできることも多いぞ」

できないことを教えてほしいと思われるような言葉だ。

それら全てをフィディアのために使うと言われるのは、気が遠くなるほど恐ろしい。権力や財力で無理を通すのには、歪(ゆが)みが生まれるものだ。

しかし、ふと……思い出した。

なんでもと言われたので……内緒にしていたけれど、本当は幼い頃から夢見ていたことを言ってみることにした。

「じゃあ、お願い、聞いてくれますか……？」

フィディアの言葉に、ジェミールは目を丸くしてから、大きく頷いた。

尻尾が、今度は上下に大きく動いている。絨毯(じゅうたん)にあたるたびにばふっばふっと音がして、少し埃(ほこり)が舞い上がっている。……しっかりと掃除をしよう。

そう思いながら、ジェミールの顔を見ると、キラキラした満面の笑みを浮かべていた。

本気でなんでもしてしまいそうで怖いなと少し思う。ぺったんこだった耳がまたピンと立ち上がって、フィディアに向く。彼の全身でフィディアの言葉を待ってくれている。

あまりに真剣な表情で待たれると、逆に言いにくいのだが。

「……エスコート、お願いしてもいいですか？」

小さな声で呟いてから見上げると、きょとんとした顔のジェミールがいた。

目も口も丸く開いて、信じられないことを聞いたというように呆然としている。

その表情に可愛らしさを感じながら、フィディアはもう一度、願いを口にした。

「舞踏会で、ジェミール様と踊ってみたいです。私のデビュー、エスコートをしてくださいますか？」


…………泣かれるとは思わなかった。

泣き出してしまったジェミールにおろおろしていると、先ほどの副官、クインが現れた。

「閣下。私は、謹慎前にやるべきことがたくさんあるのですが。……何をなさっておいでで？」

「感動の嵐中だ！　話しかけるな！」

ジェミールは、フィディアの手を両手で握り締めたまま額にあてて、祈っているような姿だ。そして、涙をボロボロと流し続けているのだ。

成人男性がこれほど泣くのを初めて見た。

「呆れられていますよ」

クインの言葉に、ジェミールがびくりと震え、フィディアを見た。

別に呆れるとかはないけれど、驚いてはいる。その顔は黒い瞳が涙に濡れてキラキラ光って、頬も涙でびしょぬれなのに、綺麗だった。やっぱり綺麗な人は泣いていても綺麗だ。

「泣いているのではない！」

「あ……はい」

それ以外にどう返事ができるだろうか。

ジェミールは一つ頷いて立ち上がると、滑らかな動作でハンカチを取り出し、軽く顔を拭いてから侍従たちに次々と指示を出し始めた。

「よし、そうなれば、婚約を……いや、もう結婚でいいな。即座に成立させよう。神殿に手回しを。そして、王に舞踏会を開かせて……」

「無理をしない方向で！」

が、動き始める前に、フィディアは慌てて止めた。

王に舞踏会を開かせるってなんだ。

おとぎ話のように、楽しく踊ってめでたしめでたしではない。

考えてみれば、デビューを迎える舞踏会は先日終わってしまったばかりだ。あれをフィディアのためだけにもう一度開かせるなんて、畏れ多い。ジェミールにエスコートしてもらうのだって、婚約を結んでからでなくては、いらぬ噂話の種を提供するだけになってしまう。

ジェミールならば、にっこりと笑って叶えてくれるだろうと軽く考えていたが、思ったよりずっと大事だった。

「無理などしていないが」

神殿や王まで持ち出して無理ではないと言い切れる心臓は持ち合わせていない。

ジェミールは不思議そうにフィディアを見下ろしてくる。

どう言ったらいいのだろうと、彼の瞳を見上げる。

「閣下」

突然、クインがジェミールを呼ぶ。

「今、忙しい」

ジェミールは、フィディアから一時も視線を外せないというように熱心に見つめる。

「急いでやるべきことが、まず一つございます」

クインは、ジェミールの反応は気にせず話し始めることに決めたようだ。

「ご本人から承諾を受けたのでしたら、御父上に許可を求めるべきです。先に、勝手に準備をされてしまうのは不躾ですよ」

「そうだ！　カランストン男爵殿は今どちらへ？」

驚きの声と共に、フィディアはひょいっと抱えられてしまう。

「え？　あのっ……！」

突然抱きかかえられて狼狽えるフィディア以上に、ジェミールも慌てている。

扉近くに立っていたクインを弾き飛ばしそうな勢いで廊下に向かう。クインはこうなることを分かっていたのか、勝手にしてくれと言わんばかりに見送った。

「フィディア、御父上に結婚の許可をいただきに行こう」

そう言いながら廊下に出て、道すがら父の居場所を聞き、あっという間に父のもとに辿り着いてしまった。フィディアはジェミールの腕の中にいるままだが、下ろしてほしいと言い出す間もない。

「カランストン男爵、娘さんとの結婚を許していただきたい」

テラス席で、今度は母とお茶をしている父がのんびりと振り返った。客人がいるというのに、随分とのんびりしているものだ。

「そうだと思いましたよ」

苦笑しながら、両親は視線を交わして微笑み合う。

「登城命令ではなく、閣下がわざわざ領地にまで足をお運びになるのは、こちらに何か依頼があるのだろうなと思っておりました。そして、娘に用事があるとすれば……」

抱きかかえられたままのフィディアを見て、困ったように父は笑みを深める。

「フィディアは、閣下の番でございますか？」

「そうだ」

――番！

物語でしか聞いたことがない存在が、自分であるということか。

目を見開いて驚いていると、視線を感じて、顔を見上げる。そこには訝しげな顔をしたジェミールがいた。

「……何故、驚いている？」

「え……初めて聞いたから、です」

あからさまなため息が前後から聞こえた。父と、追いかけてきたクインだ。

「閣下。気が急くのは分かりますが、急ぎすぎです」

父が言う横で、母はくすくすと笑っている。

「すまない……。しかし、フィディアが愛おしすぎて、もう手放すことなど考えられないのだ。必ず幸せにすると誓おう。フィディアを連れて帰りたい。いいだろうか」

目の前で口説かれるのも恥ずかしかったが、両親に向かって甘い言葉を言われるのはいたたまれない。ジェミールに抱きかかえられてここにいるのも恥ずかしいのに、その彼が、堂々と両親にフィディアが愛おしいと宣言をするのだ。

顔を上げていられなくて、両手で顔を覆って俯いてしまう。それ以外、どうしろというのだ。

「フィディアが嫌がっていないのなら、私は反対しません」

母の、笑みを含んだ声がする。

少しだけ顔を上げて視線を向けると、とても嬉しそうに微笑んでいた。

「思ったより早く嫁がせなければならないのは、少々寂しいですけれど」

「それは、私もそうだな。もう数年はここにいてくれるものだと思っていた」

言いながら、二人は優雅にティーカップに口をつける。

そう言えば、公爵がここに立っているのに、二人共立ち上がらないし、椅子を勧めもせずにお茶を飲んでいるのは、それなりに反抗しているのかもしれない。

「申しわけない」

そして、末端貴族に対し頭を下げる最高位の貴族。妙な風景だ。

くすくすと二人共笑って、ようやく立ち上がる。

「いいえ。獣人である閣下に見初めていただいたのなら、必然でしょう」

「しかし、女性が旅をするには、それなりに準備が必要です。荷物を準備する時間はいただけますね？」

すたすたと母が近づいてきて、暗にフィディアを下ろせと要求した。

「……………はい」

ジェミールは少しの間迷っていたようだが、返事をしてゆっくりとフィディアを下ろした。だが、その腰にはジェミールの腕が回ったままだ。

「ご心配には及びません。荷物は少ないので、今日中には準備できます。明日には出立。いかがですか？」

「………………今日、連れて帰りたい」

母が言う明日というのにも驚いたのに、ジェミールは今日、フィディアを連れて帰るつもりでいたようだ。

もう、結構な時間のはずだが、今から支度をして果たして間に合うのだろうか？

フィディアと同じく、母は目を見開いた後、少し困った顔で微笑む。

「まあ。……仕方ありませんね。ソニア、荷造りを手伝ってくれる？」

「もちろんです！」

ソニアが喜んで返事をする。フィディアを隠すような真似をしたことは、反省しているみたいだ。

ジェミールがフィディアを妻として迎えに来たのであれば、ソニアに反対する理由はない。小さな頃から可愛がってきたフィディアが幸せになるというのだ、喜んで手伝いをしようと頬を綻ばせる。

母に促されて、フィディアも自室に向かう。

ついてこようとしたジェミールは、母に「女性の荷造りを観察なさるおつもりですか？」と強く言われて、しぶしぶ父の向かいに座ることになった。

女三人でフィディアの部屋で荷物を詰め始める。

こんな時間から？　と思ったものの、やり始めれば、あっという間に荷造りは終わってしまう。

そもそも持っているものは少ない。ドレスだって、デビューに準備したドレス一枚だけだ。後は質素な普段着で、平民と変わらない。

自分の衣装を並べて、眉を下げるフィディアの肩を軽く叩きながら母は言う。

「大丈夫よ。私たちもすぐ後から、もう一度王都に行くわ。その時に必要なものがあったら足してあげる」

母は「必要ないでしょうけどね」と小さな声で続けて、不安そうにするフィディアに微笑む。

「そう？　この服も家族内ならいいけれど……」

『恥ずかしくて』と言いかけた言葉を呑み込んだ。自分が持っている服を恥ずかしいと思ったことなんかなかったのに。母は、フィディアを見て首を傾げている。

「どうしたの？」

「なんでもない。不安になったの。一人でなんて」

軽く笑うと、母もソニアも小さな子供みたいだと一緒に笑ってくれた。

準備した荷物は、鞄三つ分だけ。それを一つずつ持って部屋から出れば、あっという間にジェミールが連れてきた侍従たちが運んでしまった。

フィディアは、ピンクのワンピースはそのまま、髪だけを整えてもう一度テラスに戻る。

「フィディア！」

顔を見た途端、ジェミールが駆け寄ってきて、ひょいとまた抱きかかえられる。

「あの！　歩けます！」

そんなことはお互い分かり切っているが、そう訴える以外にない。ジェミールも頷いてみせるものの、フィディアを下ろす様子は全くない。

そうして、ジェミールと一緒に王都に向かうことになった。

「慌ただしいが、これはこれでうちらしくていい」

いつも忙しくしている父は、そう言って寂しげに眉を下げながらも笑う。母も、隣で微笑んでいる。

父はなんともいえない表情をしていたが、母はとにかく嬉しそうだった。

またすぐに王都で会える。嫁に行くといっても、まだ実感がなくて、別れは割合あっさりしたものだった。

「幸せに」

みんながそう言って、フィディアを笑顔で見送ってくれた。

まるで物語に出てくるような馬車に、フィディアはジェミールに抱きかかえられて乗り込む。

中はフィディアが知っている馬車の倍以上広い。外見と同じように白を基調とした内装で、至るところに金の縁取りがしてある。なんと、馬車の中に花が生けられており、それが甘い芳香を放っていた。

　こんなに広いのに、クインは、

「私は絶対に一緒に乗りません」

　と、断固として同じ馬車には乗らなかった。荷物や侍従たちが乗っていた馬車に一緒に乗るのだという。

「番を手に入れたばかりの獣人とその番と、一緒の空間になんかいられるはずがないでしょう」

　顔をしかめて言われた。

　そういうものなのだろうか。フィディアは首を傾げる。

　そして、今、この豪華な広い馬車の中はフィディアとジェミールの二人きりだ。

「何か飲むか？」

　どこから出てくるのか、食べ物や飲み物が準備される。

　そういえば、お茶の時間に食べ物を何も口にできていなかった。

　今出てきたお菓子も、カランストン男爵家の台所を借りて、ジェミールが連れてきた侍女たちが準備したものだという。そもそも、侍女や侍従をあれだけ引き連れてきたのは、ジェミールのためではない。彼は軍人で、戦場で野営することもあるため、たいていのことは一人でやれる。通常ならば、長距離の移動は最低限の供をつけ、いつも身軽だった。

しかし、今回たくさんの使用人を連れてきたのは、フィディアを連れて帰ることを最初から想定していたからだ。

彼女が王都までの道のりで不自由を感じることがないように、食料やクッション、世話をする侍女など、あらゆるものが準備されているらしい。

屋敷で見慣れない果実水が出てきたのはそういうわけだったのだ。いやに人が多いと思っていた。

フィディアが答える前に、先ほど飲んだものと同じ果実水が手渡される。

どうやら、フィディアがこれを気に入ったことに気が付かれてしまっているようだ。

全て飲み干してしまったら、次から次に出てきそうで、少しだけ口をつけて横に置く。

飲みかけのグラスは、座席の横にくぼんだ場所があって、そこに置けるようになっている。なんとも金持ち仕様だ。

そうやっている間も、ずっとジェミールはフィディアを見つめている。

ちらりと視線を向けると、とろけるような笑みが返ってきた。

「そ、そんなに……こちらを見られては、恥ずかしいです」

「フィディアがあまりに美しいから、目が離せないんだ」

しかも、堂々とそんなことを言ってのける。さらにフィディアの頬は熱を持ち、顔を上げられなくなってしまう。

「ずるいです。ジェミール様ばかり」

フィディアだって、ジェミールを見つめていたいというのに、視線を向けると見つめ合うような形になってしまうのだ。こんなに至近距離で見つめ合うにはもっと慣れが必要だ。

ふふっと笑う声がする。

そんな嬉しそうな声を聞いて、やはり表情が見たくて、フィディアは顔を上げる。

「フィディア、綺麗だ」

「ジェミール様……」

綺麗なのは、ジェミールの方だ。美しい銀髪とは対照的に黒々と濡れる瞳。

彼の手がそっと後頭部に添えられる。ゆっくり、ゆっくりと、フィディアの様子を見ながら、彼の唇が近づいてくる。

きっと少しでも嫌がったら、彼はきっと途中でやめてしまう。

全然、嫌じゃないのに。

ジェミールに触れられるのは恥ずかしいけれど、最初から嫌だと思ったことは全くない。それどころか……もっと近づきたい、触れられたいと考えてしまって、困る。

あまりにもゆっくりと、視線で焼き尽くそうとしているかのようにこちらを見ながら近づいてくるから、フィディアは恥ずかしくて視線をうろうろと彷徨わせてしまう。だけど、嫌がっていると思われたくなくて、ジェミールの服の裾をきゅっと握った。

ふっと笑った吐息が降ってきて、彼の唇が、フィディアのそれにそっと重なる。

少しだけくっついて、そっと離れた。

ほんの少し触れただけなのに、唇がじんとしびれたような感覚がする。

ジェミールはキスが終わっても、離れていかずにその場所に留まる。前髪が触れ合うほどの距離で見つめ合う。フィディアが少し動いただけで、もう一度唇は触れ合ってしまうだろう。

――馬車、揺れないな。馬車が揺れてくれたら、偶然を装って、もう一度キスできるのに……

ぼんやりと、そんなことを考えて、頬が勢いよく熱を持つ。

もう一度キスをするために偶然を装おうとするだなんて、なんてふしだらな。

一瞬で反省して、フィディアはそっとジェミールから距離を取ろうとした……が、肩を抱き寄せられて、それはできなかった。

「フィディア……我慢できない俺を許してくれ」

ジェミールは、そう呟いて、フィディアに再び口づけた。そして、離れたかと思ったら、すぐにもう一度。何度も何度も繰り返されて、息継ぎのタイミングが見つからない。

「ん……ぁ、はあ」

自分の息が荒くなっていて恥ずかしい。

「フィディアっ……！」

だけどジェミールは、そんなフィディアを見て、喜色をあらわに唇を奪い続けた。二人共荒い息を吐きながら、少しずつ深くなっていくキス。ジェミールが唇を食んだと思ったら、ぺろりと舐められて、体が小さく震える。

空気を取り込もうと少し開けた唇の間に、ジェミールの舌が潜り込んでくる。

「んんっ……！」

舌で歯列をなぞられてびくりと体が跳ね上がった。体に力が入って、何かの拍子に彼の舌を噛んでしまいそうになる。歯を立てちゃいけないと大きく口を開けるけれど、これ幸いと肉厚なジェミールの舌が口腔内で縦横無尽に暴れまわる。

「はっ……んんぅっ」

口の端からこぼれる唾液を追って、ジェミールの唇が首筋へと動く。

「ジェミール様っ……！」

大きな体に抱きしめられて、彼の唇がフィディアの鎖骨を辿り、気まぐれに吸い付く。柔らかく優しく唇が触れていく先が熱くなって、全身が震える。触れられていない場所までざわざわと何か物足りないような気にさえなってくる。

ちゅうっと強く耳の下を吸われ、「ふあっ」と悲鳴のような声が漏れた。

体から力が抜けて、くたりとジェミールの胸元にもたれかかる。

「フィディア……っ！　なんて可愛らしいんだ。この下……隠された場所も見たい」

くいっと、胸元の布が引っ張られる。

反射的に手を胸に持っていって隠すけれど、ジェミールは手をどかしてくれない。彼の手ごと、フィディアは胸を押さえつけたようになってしまい、羞恥に駆られる。

「こ、こんな場所で……服を脱ぐなんて……」

もじもじと胸元を押さえたまま彼を見上げると、また熱いキスが始まる。

「ああ……なんて可愛いんだ。どんどん俺を夢中にさせるのだな」

唇が触れ合ったまま話されると、くすぐったくて仕方がない。

「ジェ……んむっ……！」

彼の言葉に応えようとしたのに、フィディアが言葉を発するのを待たずに、キスが深くなる。

胸元に添えられた彼の手は、フィディアの抵抗などものともせずに動き出す。

服の上からふくらみをそっと撫でて、指が胸の谷間に侵入していく。

「んっ、んぅっ」

抗議をしても、出てくるのは甘くねだるような声だけ。

「コルセットじゃないのか。素晴らしい」

「はあっ……ま、待ってくださ……ぁっ！」

ジェミールが呟いた合間に、フィディアもお願いをしようとするのに、彼の手は止まらない。

ドレスは、デビューの時の一枚だけしか持っていないので、必然的にコルセットも一枚しか持っていない。ジェミールのお出迎えのために少しは着飾ったけれど、今着ているワンピースは、そもそも締め上げるような作業が必要な服ではない。

フィディアは、普段と同じ下着を身に着けていた。胸を覆う柔らかな布は、ジェミールの手を拒むには役に立たない。彼の手はするすると胸元へと差し込まれていく。

「恥ずかしいですっ……！」

フィディアは必死に拒絶の言葉を伝えているつもりだ。

しかし、ジェミールにとっては、フィディアから彼が触るのは問題ないと何度も暗に言われているようなものだ。というのも、「嫌」という言葉を、彼女は一度も使わないのである。そればかりか、ジェミールを煽る可愛らしい声ばかりあげる。

「恥ずかしがる必要などない。こんなに美しく……こんなに可愛らしいものを、私は初めて見た」

服の中で、彼の手がフィディアの胸を直に包み込む。全体を確かめるようにやわやわと揉まれているだけなのに、ひどく気持ちがいい。

恥ずかしくてたまらないのに、もっとしてほしい。

「可愛らしい蕾がとがってきたね。触ってほしいのかな」

――蕾？

自分の体のどこがとがるのか分からなくて、フィディアはジェミールを見上げて首を傾げる。

フィディアがよく分かっていないことに気が付いたジェミールは、その初心な様子に、体の芯がうずくのを感じた。

「ここ。こんなにピンと立ち上がっているよ」

ジェミールが、胸の中心をつまんでクニクニとこね始める。

「ひゃっ……!? あっ？ え、なんでそこっ……？」

そこは、赤子ができた時に乳を飲ませるために使う場所だ。それが彼の指でこねられるだけで、ぞくぞくする快感が背筋を駆け上がる。

そこが硬くなるなんて聞いていないし、何よりつままれるだけで気持ちがいいなんて知らなかった。

「気持ちいいね？」

胸をいじられながら耳に吐息を吹き込まれ、ジュンと、下着が潤むのを感じた。

「じぇ……ジェミール様っ！」

体が大きな変化を起こしている。それが、彼の手によってもたらされていることも分かっている。

もういっぱいいっぱいになるほど気持ちがよくて恥ずかしいのに、ジェミールはまだその手を休めようとはしない。

「いい子だ。ほら。胸元を押さえていないで、両腕は俺の首に回して」

用をなしていなかった手も、ジェミールにすくい上げられ、彼の首に促される。

そうすると、ジェミールの顔がもっと近くなる。涙で滲んだ視界の中で、彼が優美に微笑む。

強い意志を感じさせる濃い眉毛、熱くフィディアを見つめる切れ長の瞳。さらさらの銀髪も、頭の上で揺れるふさふさの耳も、全部が素敵でうっとりしてしまう。

この人が、フィディアを可愛いと言って、我慢ができないと体に触れてくるのだ。

きゅっとさっきよりも強く先端を引っ張られて、フィディアの全身が跳ねる。

「ひぁっ……。じぇみーるさまっ……！」

舌足らずになってしまった呼びかけに、ジェミールはふわりと微笑んで、額にキスを落とす。

フィディアが彼の笑顔に見惚れていると同時に、彼も、フィディアの潤んだ瞳に熱い視線を注ぐ。

「もっとたくさんキスをしよう」

言われて、フィディアは何も考えずに、あごを上げてねだるような仕草を見せる。

ジェミールは当然のようにそれを受け入れ、唇を重ねる。

そっと唇が合わさり、角度を変えながら、ゆっくりと動く。先ほどのキスを経験してしまったフィディアにはもどかしいほどの優しさでやわやわと唇だけが触れ合う。

彼の舌が唇の形を確かめるように舐め始めた時には、フィディアも舌を出して、彼のそれに自分から絡めていた。

もっと深くに欲しくて、フィディアは彼の首に回した腕に力を込めて、彼を引き寄せる。

自分が何をしているかよく分かっていないままに、焦がれるままに彼を求める。

ジェミールは片腕でフィディアの腰を引き寄せつつ、もう片方の手だけで器用にフィディアの服を緩め、彼女の体をあらわにしていく。

「んっ、んっ、んぁ……あっ」

フィディアはキスに夢中で、息苦しいのに、気持ちよくて、ぼんやりと霞む意識の中でジェミールにしがみつくことしかできていない。

キスだけでとろけた表情を見せる彼女に、ジェミールはさらに夢中になって唇を貪る。

服を緩め終わり、胸を全てあらわにしてから、ジェミールの唇はあごから首筋を通って胸へと向かう。

「ん……？　じぇみーるさま……。もっと」

キスが終わってしまったことを寂しく思って、フィディアは彼の襟をそっと引く。

「――っ！」

ジェミールは息を呑んでフィディアを見て、眉根をぎゅっと寄せる。

フィディアは、彼の怒ったような表情に首を傾げ、

「ダメですか？」

きょとんとしたまま問いかけた。

自分が今、どんなにあられもない格好をして、とろけた淫らな表情で、彼を誘ったのか理解していない。初めて覚える快感を、ただただ貪欲に求めてしまう。

「いや……いくらでも」

低い声で同意を得られたことに、彼女は喜び微笑んで、自分から彼に唇を寄せた。

ジェミールは望まれるがまま、彼女に口づける。今度は先ほどの優しいキスではなく、噛みつくような激しさで。

同時に大きな手で胸を揉みしだかれ、痛いくらいの感覚に、フィディアの体が跳ねる。

「ひあっ……!?」

彼女の悲鳴に、ジェミールがピクリと反応し、その動きは緩やかになる。

「……すまない。我を失いそうになった」

すぐに優しいキスが落とされ、額や頬、耳に、次から次へと顔中にキスをされる。

その間、胸への刺激は止むことなく、フィディアはその快感を自分の中でどう処理すればいいのか分からず、体をよじる。

「じぇみーるさま……ふ……ぅんっ」

フィディアがジェミールの名前を呼ぶたびに、彼の腕に力がこもり、彼の息が荒く、熱くなっていく。

胸の中心は彼の手がかすめるだけで、体中に甘いしびれを走らせるほど敏感にとがっている。今度こそ、ジェミールはその胸の頂を口に含んだ。

「ひゃあぁんっ」

確かに胸に吸い付かれただけのはずなのに、全身に衝撃が走り、体の奥がぞわりとうごめいた。

「ああ、フィディア。フィディア……可愛い。なんて可愛いんだ」

ジェミールが頂を口に含み、舌でなぶりながら何度も彼女の名前を呟く。

ちゅぱちゅぱと可愛らしい音を立てているのに、やっている行為はひどく淫(みだ)らだ。

「ダ……メですっ……！　そ、そこで話さないでくださいっ」

とがりきった頂は、少しの刺激でびくびくするほどの感覚を連れてくるのだ。そこで話されると、吐息でもどかしい刺激が交互にやってくるのが耐えられない。

触れられていない奥が、切なくて、フィディアは体をくねらせる。

それに気が付きながらも、ジェミールはそちらには手を伸ばさずに、右を可愛がった後は左へ、左から右へと順に吸い付き舌を這(は)わせる。

「じぇみーるさまっ……も、もう、ダメですっ」

フィディアが体の反応に耐え切れずに、彼の襟元(えりもと)を引く。

こんなに強く引き寄せられて、熱いキスをされているのに、されればされるほどもどかしくなるのだ。

どこがとは、分からない。

フィディアが知らない未知の部分が、もっともっとと叫ぶ。

フィディアは、ついにぽろぽろと涙を流した。

「なんだか、体がおかしいのです。もっと、奥の方が寂しくて……ジェミール様」

フィディアの言葉に、ジェミールは目を見開き、ごくりと喉を鳴らした。

彼は何かを期待するように、じっとフィディアを見つめた。

「あまり、されると……はしたないことになってしまいそうなので、今は……これ以上はダメです」

フィディアは恥ずかしそうに彼から視線をずらして、両腕でそっと胸を隠した。

「はしたない……」

ダメだと言っているのに、ジェミールは熱に浮かされたように呟いて、さらに近づいてくる。フィディアは首筋から下まで赤く染めて、小さく頷く。

「なってもいいと、言ったら？」

ジェミールはフィディアの髪を一房持ち上げて、口元に持っていき、視線で彼女を射抜く。フィディアは目を見開いて、首を横に思い切り振る。

「なっ……！　なんてことを！　とんでもありません！」

フィディアは彼から目をそらしながら、はだけてしまった服を戻していく。……いつの間にこんなにはだけさせられたのだろうと、自分の姿を見て改めて頬を染める。

気が付かないほど、夢中だった。

与えられた快楽を思い出して、ふるりと震える。

「フィディア」

見上げたすぐ先にはジェミールの熱情を孕んだ瞳があって、彼の手が頬を包む。

「君が求めるのなら、私はどんなことでもしよう。この、先まででも……」

ジェミールの指が、せっかく整えようとしている胸元を滑っていく。

しかし、フィディアはとんでもないと、もう一度大きく首を横に振った。

「多くの方で移動しているのに、私が休憩したいと止めるなんて、恥ずかしくて言い出せません！」

フィディアは、彼の手から逃れるように、腰をひねって彼に背を向ける。

背後で固まっているジェミールに気が付かないまま、慌てて服を整える。

そして、振り返って、ジェミールが先ほどのまま動いていないことに気が付く。

あからさまなことを叫んでしまった。こんなことを言う女性など、彼は今まで会ったことがなかったに違いない。通常だったら、フィディアだって言わない。

だけど、ジェミールから触れられると……なんか……なんだか……お手洗いに行きたいような気になってしまうのだ。

――彼女は、体の奥のもどかしさを、『尿意』と判断したのだった。


ガタン！

今までの静けさが嘘のように、大きな振動と音を立てて馬車が停まる。

「何があったのでしょう？」

フィディアが驚いてジェミールを見ると、彼は軽く息を吐いて、大丈夫だと言う。

「閣下ー。今夜の宿に到着しましたー。私、近づきますからねー。生々しいのは嫌ですよー」

クインの声が少し遠くから聞こえたかと思うと、少しずつ足音が近づいてくる。

宿に着いたと言われ、フィディアは驚いて、馬車のカーテンを少し開けて外を見る。

外は、夕方の光に照らされた宿場町のような場所だった。カランストン男爵領に隣接する領の、小さな街だ。

「着替えは必要ですかー？　必要でしたら、ドアを蹴飛ばしてもらっていいですかー？

侍女を呼んできますー」

　着替え？　馬車の中で？

　フィディアはアタフタと周りを見回して、着替えをする必要はないと確認する。

「え、えと？　着替えは必要ありません」

　フィディアがジェミールに答えると、彼も大きく頷く。

「あの野郎。半分以上わざとだな」

　ジェミールの言っている意味が分からなくて、説明を待つが、意味を説明する気はないらしい。

　ジェミールはムスッとしたまま、自分でドアを開けた。

「ああ、閣下。衣服の乱れもあまりなく、よろしゅうございました」

　クインはドアの目の前にいたようで、挨拶をしている声が聞こえた。

　衣服の乱れなどという言葉で、今更、理解してしまった。

　馬車が大きく揺れて停まったのは、きっとクインが指示を出して、わざと揺らしたのだ。すぐに近くには来ずに、時間をかけて遠くから声をかけていた。

　中で、衣服の乱れが起こるような、まさに先ほどまでしていたようなことを行っているという想定で。

せっかく落ち着いてきたのに、また顔が赤くなっていると思う。何をしているか予想されているなんて。

だから、クインは一緒の馬車には乗りたがらなかったのか。

「うるさいぞ」

ジェミールが不機嫌を隠さずに言うと、クインは呆れた表情で彼を見遣る。

「ご令嬢のためですよ。慌てずに準備する時間を設けなければ、閣下はそのままご令嬢を毛布にくるんで抱き上げてしまいかねません」

それは嫌だ！

そんな運ばれ方をしてしまったら、もう二度とこの宿には泊まれない。

「何が問題だ？　愛おしい番を抱き上げるのは、俺の権利だ」

ジェミールには別の見解があるらしい。

……この対応は恥ずかしい。恥ずかしいが、準備の時間をいただけることは感謝をしなければならない。

ジェミールは、乱れた服のままフィディアを抱き上げて、部屋まで連れていってしまう可能性が示唆された。

身だしなみを整える時間をわざとらしく作ってもらうべきか。

乱れた姿を隠したまま、抱き上げられて部屋まで運ばれるべきか。

どちらも情事を想像させるものだが……フィディアにとってはまだ前者の方がましな気がする。こんな究極の選択をしない方向でお願いしたいところではあるが。

次からもこういう対応でお願いしますと、フィディアは有能な副官に心の中で頭を下げた。

フィディアはジェミールからエスコートされながら馬車から降り、侍女に付き添われて部屋へと案内される。

カランストン男爵家でもクッションなどを準備してくれていた女性は、ユキア・セリエーンと名乗った。これから、フィディアの身の回りの世話をしてくれるらしい。

まるで貴族の令嬢のように扱われるのは生まれて初めてだ。

「フィディアはどこにいる？　まさか、俺と部屋は別なのか？」

ジェミールの声が聞こえたが、聞こえなかったふりをしよう。『まさか』と思うほど、自分と同室だと思い込むのは何故だろう。

「お疲れでしょう？　一度、休憩されてから、ゆっくりと夕食にしましょうね」

ユキアも聞こえているはずだが、完全に無視をしている。

部屋に入る前にちらりとジェミールを見ると、明らかに不満そうだ。

さい」

「俺と同じ部屋ではないのは何故だ！」

「隣にしてあげたのですよ？　抵抗するならもっと離しますよ？　聞き耳はやめてください」

ジェミールはクインとひと悶着(もんちゃく)あるようだ。話の内容が非常に気になるところではあるが、今、フィディアは入っていかない方がいいはずだ。耳と尻尾を垂らしたジェミールに「同じ部屋がいい」と言われたら、許してしまいそうだし。

家族と離れた最初の夜だというのに、寂しくなることもなく過ごせたのは、周りの人がフィディアを歓迎していると態度で表してくれるからだろう。

ジェミールに出会って最初の夜は、こうして穏やかに過ぎた。

カランストン男爵領から王都までは、急いで一日。のんびりした旅程でも三日で着くだろう。この微妙な距離が、カランストン男爵領が通り過ぎるだけの場所となり、商業が発展しない理由だ。その分、王都に出荷するための農業が発展した。

今回、急いで王都に戻る必要はない。だから、ゆっくりと進む。

その間、フィディアはジェミールとずっと二人きりだ。

突然惹かれ合ったといえ、お互いのことをほとんど知らない。好きな食べ物や、趣味、家族のことなど、たわいもないことをたくさん話した。

そして、合間にキスをする。

「ん……ん」

首筋を撫でられながら唇を合わせていると、くすぐったいようなむず痒いような感覚が湧き上がってきて、甘い声が出てしまう。

すると、もっと深く口づけられる。どんどん深くなっていき、これ以上先へ進んだら、どうなるのだろうと怖くなってしまう。

ジェミールはずっとフィディアに触れていたがる。

キスが終わった後も、抱き寄せられ、可愛いと囁かれる。

恥ずかしくて、嬉しくて、淫らで、少し怖い。

「ジェミール様」

「フィディア」

また唇が重なろうとした時、馬車が大きく揺れて停まる。

「閣下～～。休憩時間です」

クインの声が遠くからして、わざとらしい大きな足音が近づいてくる。

「さっきも停まっただろう!?　――フィディア、疲れたか？」

ジェミールは前半を大声で言い、後半、フィディアに優しく問いかけてくる。

気遣われていることが嬉しくて、フィディアは微笑みながら答える。

「いいえ。まだ大丈夫です」

その直後、馬車のドアがノックされ、こちらが大丈夫だと返事をする前に、クインが「いいですか?」と前置きをしてから話し始めた。

「女性には、自分から言い出せないたくさんのことがありまして。お手洗いはもちろんのこと、どこかの誰かがべったりくっついてくるせいでかいた汗をぬぐいたい、喉が渇いた、化粧を直したい、一人で落ち着きたいなど、それはもう、男には想像がつかない様々な用事があります」

想像がつかないと言いながら、結構しっかりと女性のことを把握している。

よくよく考えれば、次の休憩がいつになるのか分からないのなら、お手洗いは行っておきたい。ジェミールにお手洗いに行きたいなどと訴えられるはずもないのだから。

「女性が『まだ大丈夫』というのは、遠慮している証拠です。また、『どちらでも』というのは、最大の我慢です。これらを無視していれば、気が利かない男の完成です。令嬢からどうお返事をされたか分かりませんが——ご休憩されますか?」

最後に一言、判断を仰ぐ言葉を入れる。

ジェミールは姿が見えないクインを睨み付けてから、小さく息を吐く。

「休憩の準備を」

「かしこまりました。――フィディア様、侍女はこちらで待機しておりますので、なんなりとお申し付けください」

そう返事をして、遠ざかっていく音がする。

ジェミールを見上げると、すぐに視線が絡む。彼がフィディアを見ていない時はあるのだろうか。

「私は道程の確認をしてくる。フィディアは、よく休んでいるように」

そう言って、額にキスを落とされる。

本当は、確認など必要ないのだろう。

だけど、クインの言葉から、自分は少し離れた方がいいと思ってくださったのだ。

「はい。ありがとうございます」

その気遣いが嬉しい。

もっと長い時間一緒にいてお互いをよく理解するようになれば、こんなに頻繁（ひんぱん）に休憩を取ってもらわなくても大丈夫になるだろう。フィディアが何かあっても言い出せないことを分かっているクインが、気を利かせてくれているのだ。

馬車を降りるまではジェミールが手を差し伸べ、その後はユキアに託される。彼女は、すぐに手拭きと飲み物を準備して、木陰に座らせてくれる。そして、

「下着のお召し替えはなさいますか？」

堂々と聞いてくる。

「いえ……結構です」

――みなさん、理解がある。そのせいで逆にいたたまれないのだが。

そんな風にたくさんの休憩を取りながら、王都のアンドロスタイン公爵家の屋敷に着いた。

城の傍に広大な土地を有する、王族に次ぐ権力者アンドロスタイン公爵家。

門を馬車で通り過ぎると、美しい花が咲き乱れ、噴水が光を浴びてキラキラと輝く前庭がある。その先に、真っ白な壁の秀麗な屋敷が見えた。

城というものはどこか堅牢なイメージがあるが、こちらは優美な雰囲気を漂わせて、ひたすらに美しい。

「フィディア、着いたよ」

ジェミールの言葉の後、静かに馬車が停まる。

今までガタンと音をさせて停まっていたのに慣れてしまって、身構えていたフィディ

アは、ホッと息を吐く。

「悪いな。次からはもっと緩やかに停まるように言っておこう」

そう言いながら、彼はフィディアの膝裏に腕を差し入れ、ふわりと抱き上げる。

「いいえ……えっ？」

突然の浮遊感に驚いている間に、ジェミールは彼女を抱き上げたまま、馬車を降りてしまう。

そこには当然のように使用人たちが並び、頭を下げている。

「お帰りなさいませ」

「ああ。突然留守にして悪かったな」

一番前に出ていた男性がゆっくりと顔を上げて、満面の笑みで頷く。

「いいえ。最初は何事かと思いましたが、奥様を連れて戻られるとは。喜ばしい限りでございます」

カランストン家執事のライアンと似た雰囲気の男性が、大きく頷きながら、もう一度頭を下げる。

「おめでとうございます」

彼の動きに合わせるように、周囲にいた使用人たちも一斉に頭を下げる。

『奥様』

初めて使われた呼称に、フィディアの顔は真っ赤に染まる。

確かに、ジェミールは婚約を飛ばして結婚するという話をしていたと思う。しかし、公爵であり将軍でもあるジェミールにそんなことができるのか。

「フィディア。この家の家令であるカーヴィンだ」

「あ、はい！　えと……」

挨拶だと思い、ジェミールの腕を押し退けて下りようと試みるも、彼の腕はびくともしない。

下ろしてほしいと視線で訴えても、きょとんとした視線が返ってくるだけ。

カーヴィンを見ると、嬉しそうにニコニコ笑ったまま頷いている。

……初対面の人と挨拶をするというのに、男性に抱き上げられたままとはいかがなものだろう。

だけど、それをここにいる全員が受け入れ、嬉しげに見守っている。

フィディアは申しわけなく思いながらも、そっと頭だけを下げた。

「フィディア・カランストンと申します。これから、よろしくお願いいたします」

「お待ちしておりました。家令をしております、カーヴィンと申します。役職名でお呼びください。それでは、お疲れでしょう。お部屋は整ってございます」

その声を合図に、使用人たちが荷物を運び始める。ジェミールは頷くと、颯爽と歩き始めた。

「あの、ジェミール様、私、ご挨拶を……！」

「挨拶なら今しただろう？　使用人は数が多いから、とりあえずはユキアとカーヴィンだけ覚えてくれればいい」

確かに大勢並んでいたから、すぐには名前を覚えられないだろう。この広い屋敷にどれだけの人が働いているのか想像もつかない。

しかし、初めて屋敷に入るというのに、自分の足で立ちもしない状態というのは礼を失する。これからお世話になるのだ。きちんと頭を下げておきたい。

「これからお世話になる方々なのに、こんな状態のままでは……！」

「こんな状態、とは？」

ジェミールが眉根を寄せてフィディアを見下ろす。

「抱き上げられたままということです！」

「それのどこがいけない？」

少しばかりの不快感を含んで言い返された。

高位貴族の方は、使用人をもののように扱うと聞いたことがある。

ジェミールがそうだとは思っていなかったが、彼もそう思っているところがあるのかもしれない。フィディアが丁寧に挨拶をする必要がない人たちだと。

「もっと丁寧にご挨拶をしたかったのです」

フィディアは悲しくなって、小さく俯いた。そんな彼女の様子を見て、ジェミールは少し考えて頷いた。

「分かった。食事の時に時間を設けよう。——新居には花嫁を抱き上げて入るものだ。この行動については、当然のこととして誰も見咎めてはいないだろう？」

そう言いながら、フィディアを片手で抱き上げ、空いた方の手で辿り着いた部屋のドアを器用に開け放つ。

窓が大きく、陽光に照らされたその部屋は、白を基調とした家具に、黄色や水色など明るい色合いの小物が配置されていた。

ジェミールは真っ直ぐにソファーに向かうと、そこにフィディアを壊れ物のようにゆっくりと下ろす。

フィディアは部屋に見惚れながらも、先ほどジェミールに言われた言葉に、目を瞬かせる。

「──あっ……！」

花嫁……！

フィディアは花嫁としてジェミールに抱き上げられ、新居に入ったのだ。

そうと分かった瞬間、気が付かなかった申しわけなさに眉を下げ、恥ずかしさと嬉しさが入り混じって頬を熱くした。

「緊張でそこまで考えが至っていませんでした」

フィディアがジェミールを見上げて謝ると、彼はホッとしたように微笑む。

「まだ式もあげていないのに花嫁として扱ったことが不快なのかと思った。しかし、最初にこの屋敷に入る時は、抱き上げていたかったのだ」

最初にきちんと言えばよかったと申しわけなさげに言うジェミール。その顔に、さらに自分に対する不甲斐なさを悔いる感情が重なった。

フィディアは、ジェミールよりももっと情けない顔になっているだろう。

花嫁として扱われて、不快などと思うはずがない。

「そういうことだったら……もっと堪能したかったです……」

思わず、言葉がこぼれた。

これからお世話になる人たちと初めての対面だから、きちんと挨拶をしなければということばかり考えていた。そういうことなら、ジェミールの首に腕を回すなどして、もっと楽しめばよかった。

「フィディア……！」

しょぼんと肩を落としていると、ジェミールの感動したような声が聞こえて、あっという間に口が塞がれる。

「んっ……!?」

驚いて開けてしまった口に、舌がぬるりと入り込んでくる。

フィディアの舌を見つけて、吸い付くように絡み付いてくる。思い切り貪られて、フィディアが息も絶え絶えになったところで、ようやく唇が解放される。

生理的な涙で潤んだ視界に、熱い視線を向けてくるジェミールが浮かぶ。

「なんて可愛いことを言うんだ。フィディアが望むなら、何度でもやり直しをしよう。これから、屋敷に入るたびに抱き上げてもいい。――そうだな。そうしよう」

言葉を発するたびに吐息がかかるほどの距離で、ジェミールは艶やかに微笑む。

彼の甘い言葉に、めまいがしそうだ。頬が赤くなって息が荒くなるのが分かる。

馬車の中で三日間され続けたキスを、もっとしたいと考えてしまう。

ジェミールと唇を合わせるのは気持ちがよくて、背筋がじんとしびれてさらに求めてしまう。

ただ、そんなことを口に出せるほど、フィディアはこういうことに慣れていない。

「入るたびは……恥ずかしいです……」

だから、すねたように、そんな捻くれたことだけを口にした。

口にした瞬間にすぐに後悔して、ジェミールの服の胸元を握り締めて、顔を伏せる。

頭がうまく動かない。『嬉しい』とか可愛く言えたらよかったのに。出してしまった言葉は戻せない。

ジェミールは、くすくすと笑い声だけ立てて、そっと立ち上がる。

「フィディア、王都と領地を行ったり来たりで疲れているだろう。ゆっくり休んでくれ」

ジェミールはフィディアの額にキスをして、部屋の外にいたユキアに合図を送る。

フィディアが持ってきた荷物の中から衣装が出てくるものと思ったら、ユキアは部屋の中にある衣裳部屋を開け、中から柔らかそうな服を取り出した。

「では、夕食の時に」

フィディアの着替えが始まる前に、ジェミールは出ていってしまう。

寝間着を準備していてくれたことに対するお礼を言いそびれてしまった。

疲労感はなかったが、一人になってソファーにこうして座っていると、思ったより疲れていたのだと分かる。

　ユキアに手伝ってもらいながら、旅装を解き、柔らかな寝間着に着替えると、フィディアはそのままベッドに沈んだ。


　フィディアは、カーテンから差し込んでくる柔らかな朝の光に目を覚ました。

　柔らかな寝台、可愛らしい部屋。

　フィディアはしばらく、状況が理解できずに、起き上がったままぼんやりと周りを見回していた。次第に頭がはっきりしてくると、目をこすりながらよたよたと窓に近づく。

　――朝だ。間違いなく、朝。

　昨日、公爵邸に着いたのは午後も早い時間だったはず。休む時間はいただいたけれど、夕食も何もかもすっぽかして、朝まで寝入ってしまったらしい。

　思った以上に疲れていたのだろう。

　しかし、自分でみんなに挨拶をしたいと言っておきながら、この醜態(しゅうたい)。

　カーテンを開け、愕然(がくぜん)と外を見ていると、控えめなノックの音がする。

「はい！　どうぞ」

　返事をしてから、寝間着のままであることに気が付き、よたよたとしながらも急いでベッドサイドに置いているガウンを手に取る。

「失礼します。フィディア様、お目覚めですか？」

　入ってきたのはユキアだった。

「ごめんなさい、私、昨日はあのまま眠ってしまったのね」

　慌ててガウンを着ながらユキアに駆け寄ろうとすると、優しく急がないようにと制される。

「いいえ。お疲れでしたものね。閣下も無理に起こさないようにおっしゃられていました」

　そうだ。夕食の時にと言われた。その約束まで反故にしてしまったのだ。

　申しわけないことをしたと慌てるフィディアに、ユキアはさらに笑う。

「ご心配には及びません。閣下が無理矢理急がせて連れてこられたでしょう？　そのせいなのですから、逆に責めてやっても構わないと思いますわ」

　急がされたことは認める。ジェミールと初めて会ってから、一日も猶予はなかった。

　しかし、ジェミールに直属で雇われているユキアがそんなことを言うとは思わなくて、まだ半分ほど寝惚けている頭を振る。

「食欲はおありですか？　朝食をご一緒しようと閣下からのお誘いがございますが」

「えっ？　あ、行きます！」

「疲れているとお断りになってもいいですよ？」

ユキアがいたずらっぽく笑ってこちらを見る。

姿見で自分の姿を確認すると、髪はぼさぼさで、人に見せられる姿になるまでに苦労しそうだ。

「えーと、時間をいただけますか？」

「お伝えしてきますね。支度はお手伝いいたしますので、先に洗面をお願いいたします」

そう言って示されたのは、また別のドアだ。

開けると、洗面所などの水回りが揃っている。

一つの部屋にこれだけ揃っているなんて、どれだけ贅沢な造りをしているのか。

フィディアは、家族全員が使っていたよりも広い洗面所で顔を洗い、完全に目を覚ました。

ユキアが手伝ってくれると言っていたが、服を着るくらいは自分でもできる。

髪を結い上げるのはお願いして、先に自分で着替えておこう。

部屋の隅に、フィディアが実家から持ってきた荷物が置かれていた。その中から、一枚取り出して身に着ける。

すぐに広げなかったせいで少々しわが残っているが、普段着だから構わないだろう。

　フィディアが鏡台に座って髪をとき始めたところで、ユキアが戻ってきた。

「フィディア様、お召し替えをされたのですか？　お手伝いしようと思っておりましたが」

「大丈夫よ。着替えぐらい、自分でできるわ」

　鏡越しに微笑んでも、ユキアは困ったように首を傾げるだけだ。

　戸惑っている様子のユキアを見て、フィディアも首を傾げる。

「どうかした？」

　フィディアが問いかけると、ユキアは迷うように視線を彷徨（さまよ）わせ、ためらいがちに口を開く。

「申しわけありません。私はフィディア様の身の回りのお世話が仕事なので、一人でされてしまうと、私の仕事がなくなり、困るのです」

「え、そうなの？」

　こちらに戻ってくる間の宿屋などでは全くそんなことを言っていなかったので、驚く。

　ユキアの顔を見ると、申しわけなさそうに眉を下げており、どう言おうか迷っているようだ。今までも、とても気を使って黙っていたのかもしれない。

「ごめんなさい。気が付かなかったわ。これから気を付ける」

男爵家にいた時は、身の回りのことは全て自分でやっていたため、一般的な貴族の価値観とズレてしまっていたのだ。

「ありがとうございます。では、今からでもお召し替えを」

ホッとしたように微笑んで、ユキアがもう一度と言う。すでに着替え終わっているというのに、これ以上着替える必要はない。

「それはいいわ。ジェミール様が待たれているでしょうし、急いでいるからこのままで行くわ。次からお願い」

「あっ……そう、です……か？」

まだ何か言いたそうにしているが、ジェミールを待たせていると思うと気が急く。

ユキアの話を聞くのは後回しにして、身支度を急いで整える。髪を結い上げてほしいとお願いすると、ユキアは器用にくるりと巻き上げてくれた。

姿見に映るフィディアは、アクセサリーなしの青色のワンピースだけ。少々シンプルすぎる装いだが、髪を思い切って上げているので、そのシンプルさがフィディアの首筋を色っぽく見せる。

「うん。思ったより似合うような気がする」

「ええ。とてもお綺麗です」

　ユキアは同意してくれるが、表情と言葉が合っていない。

　浮かない顔でフィディアの服ばかり見つめている。

　そんなに着せたかったのだろうか。フィディアが意地悪をしたような気持ちになってくる。

　明日からは、絶対にユキアに着せてもらおうと思いながら、ジェミールがいる場所まで足早に向かった。

　ユキアの案内で食事室に辿り着く。

　自分でドアを開けそうになったが、ドアの横には侍従が控えている。足を止めて、一度深呼吸する。侍従はにっこりと笑ってゆっくりとドアを開けてくれた。

「遅くなって申しわけありません」

　フィディアが部屋に一歩入って詫びると、何故か立って歩いていたジェミールが振り返ってパッと笑う。

「いいや！　無理をさせて申しわけなかったと思っている」

　そうして、いつも通り尻尾を振りながら近づいてきて――

　首を傾げた。

「フィディア、その服は？」

訝しげに、フィディアが着ている服を見下ろしている。

馬車で移動中の三日間は、朝、顔を合わせた途端、『今日も可愛い』とか『昨日は寂しかった』などと腰を抱き寄せながら耳元で囁いてくれていたのに。そんなに気になるほどおかしな格好だろうか。

初日はピンクの可愛らしい服を着ていたが、その後はこのワンピースと似たり寄ったりのものだった。

「屋敷から持ってきたものです。……どこか、おかしいですか？」

ユキアのみならずジェミールからも問われて、改めて自分の服を見下ろす。

カランストン男爵家では、農作業や家事があったため、もっと簡素な服にエプロンを身に着けていた。すぐに作業ができて、エプロンを取れば接客もできる合理的な作業着のような服ばかり着ていたのだ。

しかし、さすがにそんな作業着は持ってきていない。

フィディアの持つ服の中でも、街にお買い物に行く時に着るような綺麗な服だけを詰めて持ってきた。

今着ている薄青のふわりとしたワンピースは、要所要所にレースが施され、可愛らしいと思う。ドレスと言うには貧弱かもしれないが、フィディア的には充分おしゃれをしたつもりなのだ。

「いや……おかしくない。さあ、食事にしよう」

ジェミールはにっこりと微笑んで言ってくれたが、耳がぺたんこだ。おかしくない、なんて。どう考えても、それは褒め言葉ではない。

見ただけで失望されるような態度を取られるとは思っていなかった。

――昨日までの服装と何が違うのだろう。

それ以上何も言えずに、フィディアは促されるがままに席に着いた。

フワフワの丸いパンにみずみずしいサラダ。具がいっぱいのスープ。卵料理やベーコンに加えて果物まで並んでいた。

「美味しいです」

「それはよかった」

食事はとても美味しかった。

微笑んで、ジェミールに伝えると、定型文のような笑顔と返事が返ってきた。

胸がもやもやして、食欲はなかったけれど、目の前のパンだけは食べ終わらないと。

ジェミールの態度が、昨日までと違う。

フィディアが何かしてしまったのか。何が悪いのか教えてほしいけれど、自分を褒めなかったことを責めるようになりそうで、言えない。

どこかぎこちない空気のまま、食事を終えた。

ジェミールが重苦しい空気を振り払うように笑顔でフィディアに言った。

「フィディア、デビューに着るドレスを仕立てようと思うんだ。今から、仕立て屋が来るよ。世界中の布を持ってくるように言ってある」

嬉しそうなジェミールを見て、フィディアは困ってしまう。

新しいドレスを見るのは楽しいだろう。彼が一緒ならなおさら。

だけど、フィディアは決めていることがあった。

「私、デビューは、父から贈られた濃緑のドレスが着たいです」

両親がフィディアのためにどうにか買ってくれたドレス。

それを無駄にするようなことはしたくない。そう思って口にしたことだった。

「駄目だ」

しかし、ジェミールは眉根を寄せて、不快を表情に表し即座に反対した。

「えっ……？」

「えっ……？」

フィディアの驚いた声に反応して、ジェミールも驚いた声をあげる。

断られると思っていなかったフィディアと、驚かれると思っていなかったジェミールは互いに顔を見合わせる。

ジェミールはフィディアと出会って初めて、彼女に対して不機嫌な顔を向けた。

「舞踏会に着ていくドレスは、俺が全て準備する。それ以外を着ることは許さない」

強い口調で言われて、フィディアの中に反発する心が生まれてしまう。あまりに一方的だ。

「どうしてですか？　両親が、私のデビューのためにと準備をしてくれたドレスです。私は、それを着たい」

当たり前のように許可されると思っていた。自分のデビューに、自分が好きなドレスを着る。それが咎められる日がくるなんて、夢にも思っていなかった。

「当然のことだろう。ドレスもアクセサリーも、俺が全て最高級のものを準備する。だから、それ以外のものを身に着けることは許さない」

最高級のものを――言われた瞬間、悟ってしまった。

――やっぱり。

ジェミールも思っていたのだ。

衛兵は素直に口にしてしまっただけ。ジェミールだって、彼らと変わらない。

フィディアのドレスを、みすぼらしいと、思っていたのだ。

「フィディア、あなたが身に着けるものはこれから、俺が全て準備する。俺が準備したもの以外、身に着けないでほしい」

それは、フィディアの持っている服は、もう着るなということか。

わざわざ領地から持ってきた安物を身に着ける必要はないと言われたも同然だ。

旅の間は他の人の目がないから、仕方がなく我慢していたのかもしれない。きっと、フィディアのみすぼらしい服を苦々しく思っていたのだ。彼から、ずっと、恥ずかしいと思われていたのか。

フィディアが彼の番(つがい)であることは間違いないのだろう。

だから、フィディアがどんなに恥ずかしい格好をしていても我慢してくれた。

そして、王都に着いてからはフィディアに新しいドレスを作り、見栄えがするように仕立て上げるつもりだったのだ。

きっと、彼は恥ずかしいに違いない。みすぼらしいドレスを着た末端貴族の娘が番(つがい)であることが。

荷造りをした時、フィディアでさえ自分の荷物を恥ずかしいと思ってしまった。こんな荷物で公爵家に行くことを、申しわけないと思ってしまった。

両親は、フィディアがそう感じてしまったことを話しても、きっと仕方がないことだと笑うだろう。

怒ることも、悲しむことさえもしない。父は「そうだろうね」と、肩をすくめて言うに違いない。

だけど、そう思ってしまったことが、フィディアにはある種の枷になっていた。

どうしても、そう思ったことを否定したくて、最初の舞踏会には父がくれたドレスを着なければならなかった。

「いいえ。準備していただく必要はありません。私は、あの濃緑のドレスが着られないならば、舞踏会には参加しません」

とんだわがまま娘だ。

自分でエスコートを願い出ていて、そのために舞踏会まで開いてもらうことになった。それなのに、ここにきて参加しないなどと言っているのだ。

「服も……自分で持っている分があります。これ以上は、必要ありません」

この服も全て、フィディアが持っていたものだ。彼女が育ってきた環境を受け入れてもらえないならば、いつか、関係は破綻する。

フィディアの生まれを蔑むようならばここにはいられない。

「何故、そこまで……やはり、怒っているのか」

ジェミールは彼女の態度に怒るというより、とてもショックを受けた顔をしていた。

「怒っている？」

怒っているのとは違うのだ。分かってもらえないことがもどかしい。

フィディアはジェミールと視線を合わせられなかった。

「怒ってはいません。でも、わだかまりがあるのは事実です。私は、あのドレスを着なければならないのです」

「………そうか」

ジェミールは諦めたように呟いて、部屋を出ていった。

分かってもらえなかった。

それだけは感じ取れた。

彼はきっと、諦めて譲歩してくれたのだろう。今着ている服を着ないでほしいという気持ちは変わっていないはずだ。

フィディアの気持ちをきちんと理解してくれなくても構わない。こんな罪悪感を払拭するためだけの意地なんて、放っておいてほしいと思う。

でも……同時に、彼だけには分かってほしかった。

傍に控えていたユキアは、戸惑うように瞳を揺らしていた。

「ごめんなさい。少し、休ませてもらってもいいかしら？」

暗に一人にしてほしいと告げた。

誰も、フィディアを咎めない。悲しそうな顔をして、頷くだけだ。

こんなわがままな令嬢なんて、蔑んだ目で見てくれたらいいのに。そんな優しい視線を向けられては、余計に辛いばかりだ。

それからフィディアは、食事室から自分に与えられた部屋に戻った。

本当に一人きりになったのは、そういえばとても久しぶりだ。

そんなどうでもいいことを考えながら、フィディアは少しだけ泣いた。

◇

その頃、ジェミールは落ち込んでいた。

床にめり込んで抜け出せなくなりそうなほど落ち込んでいた。

フィディアの目の前で膝をつかずにここまで歩いてこられたことが、奇跡のようだ。

ここ――臨時でクインの執務室に仕立て上げられた部屋の隅っこで、ジェミールは膝を抱えていた。

『お前の罰は謹慎という名の休暇ではなく、無償労働だ！』という上司の横暴な言葉により、アンドロスタイン公爵家の一室に、クインの執務室ができあがった。

言葉通り、ジェミールが番であるフィディアとイチャイチャしている間、クインはずっとここで働くことを命じられていた。

しかし、面倒な上司の慰め役まで課せられているとは聞いていなかったと、クインは山と積まれた書類を見ながらため息を吐く。

クインは持ち込まれる騎士団の予算簿から目を上げて、ジェミールに声をかける。

「どうなさいました？」

ジェミールはピクリと動いて、ゆっくりと首を横に振る。

「仕立屋を、キャンセルしろ」

クインに告げると、彼は驚いたようで、目を瞬かせた。

「どうなさったのです？　さっきまで飛び跳ねながら歩いていたような人が。フィディア様のドレスをお作りになることを喜んでいらしたではないですか」

するとジェミールはさらに落ち込み、今度は膝を抱えたまま床に転がった。

転がるなら、フィディアを抱きしめて、彼女のベッドの上に転がりたかった。その幸せな想像と今を比べて涙がこぼれそうだ。

クインは、動きののろいジェミールをあっさりと見放し、作業に戻っている。

クインが忙しそうだということにはお構いなしに、ジェミールは勝手に呟く。

「フィディアが……いらないと」

「何をなさいました？」

間髪を容れずに返ってきた言葉に、ジェミールはようやく視線を上げる。

「何もしてないぞ！　仕立て屋を呼んで、舞踏会のドレスを選ぼうと言っただけだ！　それなのに、フィディアは、舞踏会に着ていくドレスはどうしても実家で仕立てたドレスがいいと」

彼女が当然のように放った言葉が胸に刺さる。

ジェミールから贈られるドレスではなく、男爵からのドレスを着ることが当たり前だと思っている顔だった。

何より、彼女が今日着ていた服は、ジェミールが準備したものではなかった。

ようやくこの屋敷に連れてきて、フィディアの全てをジェミールが準備したものだけで包み込めるはずだったのに。

「その他のドレスも着てくれなかった。必要ないとまで言われた」

昨日、彼女に渡した寝間着は着てくれたようだった。

しかし、今朝は、ジェミールが準備した衣装は何も身に着けてくれていなかったのだ。

気に入ったものがなかったのだろうか。着るのが恥ずかしいというようなものではなかったと思うが、どうしても気に入らなかったのかもしれない。

残念に思う気持ちを押し隠して、朝食を取り、ならば一緒に選ぼうと提案して……断られた。

「それは……困りましたね。多分、閣下が気に障ることを言ったか、したはずなのですが、それさえも分からないと」

「俺のせいなのは決定か!?」

そんなわけがないと叫んだのに、『それ以外に何が?』と言わんばかりの視線を向けられて、ジェミールは黙るしかない。

とにかく、愛おしくて可愛くてならない女性の気に障ることなどするはずがない。そんな覚えは全くない。はっきり言って、フィディアには愛の言葉を囁(ささや)いている方が、普通に話しているより圧倒的に多いのだ。

と、思っているが……心当たりが、一つあった。

「濃緑のドレスに、こだわっていた。あれを着なければならないと」

フィディアが、本来デビューするはずだった舞踏会で着ていたドレス。

美しく着飾り、ほんのり頬を染めた彼女は何よりも可憐で美しかった。あの夜、フィディアの周りだけが彼女から放たれる光によって明るかったのかと錯覚するほど。この世界中どこを探しても、あれほど美しい存在があるはずがないと思った。

しかし、あれは、ジェミールではない男が準備したドレスだ。

それがフィディアの最高の美しい姿であってはならない。

ジェミールが選び、ジェミールの財力で、彼女を磨き上げる。彼女が身に着けるものが、父親であろうとも、ジェミール以外の者からの贈り物であるのが嫌なのだ。

けれど、フィディアはジェミールからの贈り物を拒否して、父親から贈られたドレスを着る。

それは、きっとまだ怒っているからだ。

舞踏会の夜、彼女はジェミールの命令のせいで、デビューできずに、その上侮辱されたのだ。

命令を下した本人は、ショックを受けて帰宅した令嬢に気が付きもせずに、一人で落ち込んでいた。彼女が領地に帰ってしまうまでなんの対処も取らずに。

クインや衛兵たちに罰を与えても、ジェミールに与えられる罰はない。

謝った時、彼女は笑って許してくれた。

可愛かった。

すっかり許された気になってしまったが、まだ、わだかまりがあったのだ。

それに気が付きもせずに、彼女に甘えて好き放題。馬車の中では、真っ赤になった彼女の唇を思う存分吸いつくした。

非常に可愛かった。

腕の中にすっぽりと収まる彼女は、ジェミールの胸に頬をあてて、安心したように微笑んだ。

どうしてくれようかと思うほど、可愛い！

落ち込んでいたはずなのに、いつの間にかフィディアの愛らしさを思い出して悶えてしまった。

「ああ、デビューのやり直しですからね」

クインが眉根を寄せて呟く。続いて、小さく「すみません」と言う声が聞こえた。

クインだけが悪いのではない。衛兵は当然悪いが、全ての原因はジェミールの独占欲。

ジェミールが、デビューを迎えたフィディアの挨拶を粛々と受けていれば、何も問題はなかった。その後、プロポーズだってできたはずだった。

元凶たるジェミールから贈られたドレスでデビューしたくないと考えるのは……考えるのは……

「泣くなら、自室に行ってください」

クインはすでにジェミールの相手をすることに飽きたらしい。

しくしくと泣く上司に視線も向けてくれなくなった。

「それでも！　俺が準備した俺の俺による俺のためのドレスをフィディアが着てないと、大勢の男共の前になんて出せないんだああ！」

ジェミールが叫んでいるところで、小さなノック音が響く。

「はい。どうぞ」

この家の主人は泣いているが、獣人が番のせいでこんな風になるのは、この家に勤める使用人ならばよく知っていることだ。

クインは勝手に返事をして入室を許可した。そっとドアが開き、現れた侍女がおずおずと頭を下げる。

「仕立て屋の方が見えました。お通ししてもよろしいでしょうか」

「仕立て屋！」

ジェミールが、びょんと跳ね起きる。

可哀想に、侍女はおびえたようにこの家の主人を見る。知っているのと実際に見るのとでは、やはり違う。クインも、フィディアを前にしたジェミールを見るまで、彼がこんな風になるとは想像もしていなかった。

「取り消しが間に合わなかったのだ。仕方がない。仕方がないよな。せっかく来てもらったのに、追い返すわけにはいかない。よし、会おう」

ジェミールは、転がっていたせいで乱れた服装を整え、いつも通りの無表情でドアに向かう。

クインは予算簿を見ることを諦め、立ち上がった。

「フィディア様を呼んでいただけますか？　来ていただけないのなら、昨日、洗濯に出しているはずのフィディア様の服を持ってきてください」

侍女は小さく頷くと、さっと踵(きびす)を返す。

「クイン！」

そして、ジェミールは怒っていた。

「今、お怒りになることがありましたか？」

「フィディアの洗濯前の服を何に使うつもりだ！　まさか、お前……！」

フィディアの洗濯前の服……！　そんなもの、誰かの手に渡ることがあってはならな

い。大体、女性の脱いだ後の服をどうするつもりだ。フィディアの匂いがたっぷりつい
た服など、ジェミールだって欲しい。
枕に着せて抱きしめて寝たい。何に使うなんて、ナニだ。彼女の匂いがジェミールの
匂いで埋め尽くされるなんて、なんて甘美な。
クインが心底嫌そうな顔をした。
「勝手に私を変態にしないでください。閣下とは違います。サイズを見るだけですよ」
怒って詰め寄っていたジェミールから、クインが半歩離れる。
いつもより距離がある。しかも、さらっと変態だと言われた。
「……サイズ」
「私ではなく、仕立て屋に、とりあえずのサイズをお伝えして、調整できるようにすれ
ばいいでしょう。実物があった方が、腕の長さや胴回りなど計測しやすいのです」
「ああ、なるほど」
先ほどのフィディアの様子から、仕立て屋に会ってはくれないだろう。
だから、ある程度のサイズを昨日着ていた服から推測するのだそうだ。数枚はすでに
フィディアの部屋に準備しているが、どれも既製品だ。
やはり、彼女には一からジェミールが関わった服を着てほしい。

「サイズを確認した後、その服はまた洗濯室に行くのだろうか」

「当たり前です」

クインが思い切り引いたような表情をしてくる。

何もそんな顔をしなくてもいいではないか。一応、ジェミールの枕カバーになったりしないかと聞いてみただけだというのに。


応接室には、仕立て屋が通され、すでに布が開かれ始めていた。

「わざわざすまなかったな。礼を言う」

ジェミールが入っていくと、恰幅のいい男が、両手を前で組んで深々とお辞儀をする。

「お呼びくださりありがとうございます。本日は、我がマシャー商会、選りすぐりの品をご準備してまいりました」

彼は胸を張り、背後の品々を示す。

その言葉の通り、部屋中に色とりどりの布が並べられ、壁側には宝石が光を放っている。本当にあらゆる種類の商品を持ってきてくれたようだ。

ジェミールがフィディアを思い浮かべながら布に視線を落とした時、部屋のドアがノックされる。

「入れ」

フィディアの服が届いたのだろう。

彼女の匂いがついた衣服など、他の誰かに触らせる前にジェミールが受け取らなければならない。そして、あわよくば少し堪能させてもらおう。

ジェミールが何を考えているのか分かるのか、クインが呆れたような顔で見てくるが、ここは譲れない。ジェミールは足早にドアに向かい開ける。

そこには、フィディアが立っていた。

ドアを開けたのがジェミールであることに驚き、目を丸くしている。

「フィディア」

驚いたのは、ジェミールも同じだ。

口げんかのようになってしまったのに、来てくれたことが嬉しい。

呼びかけられて、フィディアはハッとして膝を軽く折り、挨拶をする。

「お呼びと伺いまして、参りました。あの……ジェミール様……」

フィディアがおずおずとジェミールを見上げる。

その瞳に不安の影が見え、ジェミールの中にあったかすかな苛立ちなど消えてしまう。

彼女が、自分が準備したもの以外の服を身に着けていることは確かに辛いが、これは彼女がジェミールに与えている罰なのだろう。

その一方で、フィディアは、自分が言ったことをジェミールがどう感じているのか、不安に思っているのだ。今は、それを感じることができただけで充分だ。

デビューを濃緑のドレスで無事終えることができたら、きっとその後は全て自分の色に染め上げる。

それまでは、ジェミールは耐えなければならないのだ。

「ああ。来てくれて嬉しいよ。これから、いくらでもドレスは必要だからね。何枚か作っておこう」

フィディアの腰に腕を回して、部屋の中へと促す。

「な、何枚もですか？」

目を瞬いて見上げてくる瞳にキスを落として、ジェミールは優しく微笑む。

「社交シーズンに開かれる舞踏会は一度や二度じゃない。毎回同じドレスを着ていくわけにはいかないし、お茶会だって招待されるだろうからね。あって困るものではないから」

フィディアの眉が下がって、本格的に『困った』という表情になっている。

彼女は、侍女に言付けさせるには申しわけないと、ドレスはいらないとわざわざ言いに来てくれたのだろう。しかし、せっかく来てくれたのなら、逃がす気はない。

フィディアが何枚作る気になってくれるか分からないが、せめて一枚だけでも彼女の傍にジェミールが準備したドレスを常備させたい。

「気になるものがございましたら、すぐにお声がけくださいｊ

小脇にスケッチブックを抱えた女性が進み出て、フィディアににこやかに話しかける。いいタイミングだ。

フィディアの表情は曇ったままだが、布の方へ視線が向く。

「デザインを担当しておりますサリアと申します。可愛らしい方なので——」

彼女は、デザインが描かれたスケッチブックを広げながら、布を示していく。

「奥様には、華やかなお色がお似合いですわ。こちらはいかがですか？」

しかし、フィディアは思ったよりも頑固だった。

「……いいえ。私、ドレスは……まだ、必要ありません」

言いづらそうに、俯いたまま答える。

ジェミールは思わずこぼれそうになるため息を、必死で抑え込んだ。

「そうか」

フィディアは、先を期待することさえ許してくれない。

彼女の中のわだかまりが全て消え去るまで待つしかないのか。

ジェミールが諦めた時、女性は「あら！」と嬉しそうに手を叩いた。

「まだ奥様は、こちらに来られて間もないのでしたわね！　ああ、でしたら、こちらでしたわ～」

サリアは嬉しそうに、フィディアを部屋の奥へと促す。

フィディアは戸惑いながら彼女についていって――そこに広げられたものを見て、ビシリと固まった。

「お二人の夜が、もっと盛り上がるためのアイテムですわ」

可愛らしくレースが施されたワンピース型の寝間着が何点も並べられていた。可愛らしいと言っても、レース以外の部分は薄く透き通るような素材で作られており、体を隠す役割はほぼない。

「奥様はまだ慣れていらっしゃらないでしょうから、こういう衣装を使って雰囲気を作るのですわ。そして、お二人の仲がより親密になるのです」

たたまれて置かれていた薄布を、サリアがどんどん広げていく。

美しい布で、端々に可愛らしいレースが飾られた素晴らしい品だ。しかも、形も非常にそそられる。

「なるほど」

ジェミールが興味津々で頷いても、フィディアは顔を真っ赤にして首を横に振る。

「いえいえいえ！　無理です！　着られません！」

可愛らしいフィディアが逃れようとするが、ジェミールは彼女の腰をぐっと掴んで離さない。

「ふむ。上下セットなのか？」

「ええ。こちらなど、下はこう、割れておりまして、履いたままでも為せますわ」

「素晴らしい」

「ひえぇぇぇ」

フィディアは両手で顔を覆って俯いてしまった。

ジェミールはフィディアの真っ赤に染まった耳を見ながら、購買意欲をさらに高めた。

「全部もらおう」

「ダメですっ！」

金に物を言わせて全て買い占めようとしたジェミールをフィディアが止める。

「全部なんて、そんなっ……！　き、着られないですし、そのっ……」

ジェミールの顔を見上げることすら恥ずかしくてできないのだろう。

フィディアはジェミールに訴えるために、彼の服の胸元を握り締め、顔をうずめるようにして首を振っている。

頬ずりされながらねだられているような気にもなってくる。

どうしよう。尻尾が動くのを止められない。

「しかし、購入することはもう決めた」

こんなに恥ずかしがるなら、それこそ是が非でも買わなければならない。フィディアとより親密になるために……！

ジェミールの言葉に、フィディアはチラリと彼を見上げてまたすぐに視線をそらした。

「だったら、せめて一枚だけにしてください……！」

フィディアにお願いされたので、ジェミールは一枚だけ購入することに決めた。

フィディアは、下着を見ながら項垂（うなだ）れていた。
これは、下着と言っていいのだろうか。布……とも呼べない薄いものに、ところどころ……要所要所といった方がいいだろう場所に、可愛らしい花柄のレースがついている。
この布がストールだと言われれば、綺麗な布にうっとりもしたかもしれない。

しかし、あり得ないほど布面積が狭い。これは、着ない方がむしろよほど恥ずかしくないと思う。

全部なんてダメだから、せめて一枚と言った。

言った瞬間に抱きしめられ、顔中にキスをされて、最終的には人前で決してしてはいけないほどの深い口づけを受けた。

フィディアがヘロヘロになるまで続けられた口づけを、周囲の使用人や商会の方々が黙って見守っていたのだろうと考えるだけで、クローゼットに潜(もぐ)り込んで外へ出たくなくなる。

だけど……

ジェミールの満面の笑みが嬉しかったのだ。

今朝のような、どこか遠慮した笑みではなく、出会ってからずっと向けられていた笑顔にホッとした。

商会の人たちが帰ると、ジェミールは様々な手続きがあると城に行ってしまった。

フィディアは、下着を箱に詰め、ベッドの下に押し込んだ。

着られない。

あの笑顔のジェミールには申しわけないが、これを着るのは恥ずかしすぎる。

下着を封印したところで、ユキアから声をかけられる。

「フィディア様。お疲れですか？」

精神的にはものすごく疲れているが、体力的には全く疲れていない。

「ゆっくりでいいので、招待状のご確認をお願いできますか？」

ユキアがリストをテーブルに置く。

「招待状？」

招待するような何かを催すのだろうか。招待状なんて、子供の頃お誕生日会を開くと言って、手作りのカードを友達に配ったことしかない。

フィディアは首を傾げながらリストを持ち上げる。侯爵や伯爵など、そうそうたる名が並んでいる。全く見覚えのない名前ばかりだが、爵位と役職がすごい。

「ええ。結婚式の招待客です」

「……結婚式」

――誰の？

なんて失礼なことは言わない。言いそうになってしまったが。

「婚約もせずに結婚というのは、本当だったの」

公爵という立場の人間が、そんなことができるのか。

呆然と呟いた言葉に、ユキアが首を傾げる。

「婚約はすでにされていらっしゃいますよ。獣人の番だと認められ、お互いが承認すれば、婚約成立だとお聞きしました」

全く聞いた覚えがない。

フィディアはすでに婚約者だったようだ。

驚いて、じわじわと湧き上がってくる喜びが、頬を熱くする。

ユキアが微笑ましいというようにこちらを見てくる。

「この家の者は、全員がフィディア様を婚約者様として扱っておりますわ。そして、近く女主人になられる方だと」

とても丁寧に対応してくれているとは思っていた。

それは、客人であるというだけでなく、フィディアを女主人と認めてくれてのことだったのか。

「私は、ラド副官にお聞きしたのですが……。ラド副官から、閣下は情報伝達能力に著しく欠けることがあるので、補完しておくようにと言われておりますが、ちょっと欠けすぎですね」

ユキアがため息を吐いてリストの横にペンを準備する。

「招待したくない方がいれば、削除して、追加があれば書き込んでください」

そう言われても、フィディアには自分の親戚筋も明確ではない。友人も、王都にまで招待するほど親しい人は数人だ。そちらは追加で書き込んでほしいと言われた。

戸惑うフィディアに、ユキアが優しく微笑んで言う。

「大丈夫ですよ。急ぐものではないですから。カランストン男爵様もお見えになるようですし、親族は男爵様にも確認していただきましょう」

「え、お父様、もう着くの？」

フィディアが聞くと、ユキアは笑顔なのに青筋が浮かんだように見えた。

「ええ。本日午後にはお見えになるそうです」

フィディアに答えた後、

「発情しかしない獣に、必要なことを伝えるようきちんと教え込んでおきますね」

ユキアは慈愛に満ちた顔で微笑んだ。


招待客リストをぼんやりと眺めていたところに、父が到着したと連絡がきた。

応接室へ案内されると、両親がのんびりとお茶をしている。

この二人は、いつでもどこでも変わりなくお茶をしているなと思う。

「お父様、お母様。早かったのね」

「そうか？　二日遅れで出立して、こんなものだろう」

フィディアたちが移動に一日多く費やした結果だ。

彼らはフィディアに目を向けて、なんとも微妙な表情をした。

「何？」

なんとなくムッとして聞けば、父は眉間にしわを寄せて言ってくる。

「お前は、まだそれを着ているのか？　閣下からたくさんの贈り物をもらったのだろうと思っていたよ」

フィディアは、元から持っていた自分の服を着たままだ。両親にも見覚えのある格好だろう。

フィディアは、両親の微妙な表情の原因に思い当たる。

金持ちに見初められて連れていかれた娘が、数日ぶりに会ってみても、実家にいた時と同じ格好をしている。服も何も贈られていないのかと疑問を持つのも当たり前だ。

「ジェミール様は、いくらでもとおっしゃってくださったわ」

下手をすれば、ジェミールがケチだと誤解されかねない。

フィディアは自分が拒否しているのだと慌てて言い繕おうとして、父から遮られる。

「当たり前だ。獣人の方々は、番に自分以外の匂いがついていることを嫌う。家から持っていった荷物も、あっという間に処分しているものだと思っていたぞ」

「しょ……処分」

そんな話はなかった。

匂いを嫌うなんて、言われたこともないし、そんなこと知らない。

呆然としているフィディアを見て、両親は顔を見合わせる。

「……教えてなかったか」

「そうね……？　もしかしたら貴族に嫁ぐかもしれないと、マナーは教えたのだけど」

確かに貴族に嫁いだなら……と、母からマナーをたくさん教わった。

舞踏会で踊る予定のダンスだってそうだ。

そんなに何曲も踊れるわけではないが、基本のものだけは、可もなく不可もなく踊れるはずだ。

しかしフィディアは、貴族に嫁げるとは思っていなかった。

自分より少しだけ裕福な男性に嫁げたらいいなと思っていたくらいだ。

「そんな基本も知らないとは思っていなかった。すまないな」

父は脇に置いた鞄から本を取り出し、フィディアに手渡す。

『獣人と上手にお付き合いするためのルール～上手な社交術～』

マナー本と似た感じの装丁で、冗談かと思うような題名が大きく書いてある。

「基本……」

そっとユキアに視線を移すと、彼女もフィディアが知らないとは思っていなかったのだろう。驚いたように目を瞠っていた。

「私もそんなに詳しいわけではなかったので、失礼にならないように勉強をしてきたよ」

父は、この本をしっかりと読んできたのだそうだ。

獣人と関わることなど、想像したこともなかった。

番だと求愛され、跪かれることを夢見たことはあったけれど、それはあくまで空想だ。絵本の中の主人公を自分に見立ててうっとりするのと同じで、現実に起こるはずのないことだった。

「どうせ、その服を処分するなんてもったいないとか言って、意地を張って着ているんだろう」

あたらずとも遠からずだ。意地を張ったところは当たっている。

父が呆れたようにため息を吐く。

「閣下はそれを許したのか。まあ、お前に負い目があるから我慢してくださっているのだろうが。あまりいじめるなよ」


いじめるなんて、フィディアがジェミールに対してできるわけがない。

負い目なんて、感じさせたことはないと思っていた。

謝罪を受け入れて、それ以上のことをしてもらった。

フィディアは本を持ったまま、呆然として動けなくなった。

「教えてなかった私も悪いが、相手のことを知ろうとする努力をしろ。周りに教えてくれる人は大勢いるだろう」

ジェミールがフィディアのことを分かってくれないとばかり思っていた。

濃緑のドレスを着ることをダメだと言われ、ひどいと思った。蔑（さげす）まれているのだと、決めつけた。

フィディアはふらふらと母の隣に座り込む。

衝撃的すぎて、立っていられない。今まで、何に意地を張っていたのか。

母は、フィディアの隣で菓子を食べ始めている。これ美味しいなどと言いながら、父に勧めるほどのマイペースさだ。

「フィディアは、自分の中でこうだと思ったことを、疑うことをあまりしないわよね」

フィディアにもクッキーを差し出しながら、母は笑う。

「本当にそうなのか、自分の思い込みではないか、口に出して確認するといいわ」

情報伝達能力が欠けているとか、ジェミールのことを言えた立場ではなかった。

フィディアだって、嫌だと思ったことを彼に伝えてない。知ってほしいと思いながら、それを胸の中に留めるだけだった。

彼が贈ってくれた服を拒否したフィディアを、彼はどう思っただろうか。ドレスを作ろうとした彼を、かたくなに拒否したフィディアは、きっとジェミールをひどく傷つけた。

ジェミールの寂しげな笑顔が脳裏に蘇った。あの笑顔は、残念がっていたのではない。悲しんでいたのだ。

母から受け取って、クッキーを口に入れる。

ユキアがそっと隣に来て、お茶を注いでくれた。

彼女もフィディアを見て、謝るように微笑んでくれた。きちんと伝えられなくて申しわけないと思っているのだろう。

両親は、フィディアのデビューの舞踏会までは、アンドロスタイン公爵家所有の別邸に滞在するらしい。母がその素晴らしさに興奮していろいろ教えてくれた。

ここに来る前に、すでに滞在予定の屋敷を探検してきたらしい。

舞踏会までに婚約誓約書に関わる様々な書類を作成し、舞踏会終了後、一旦領地に帰るそうだ。

結婚式招待客リストを見せると、とても感心された。

親族に抜かりはないらしい。ということは、これにフィディアの友人の名前を入れるだけで完成だ。

一時間ほどの滞在で、両親は別邸に帰っていった。

帰り際、父はにっこりと笑って言った。

「まあ、謝り倒して仲直りしろ」

父の言い方がひどい。

とはいえ悪いことをした自覚があるので、素直に頷いておいた。

両親が帰った後、ユキアに本を読むからと言って、部屋に一人閉じこもった。

『第一章　獣人の特性
獣人には、イヌ科やネコ科、様々な種族が存在する。それぞれの獣人に合った特性があるため、相手がなんの獣人であるかを把握しておくことが必要だ。』

これはなんとなく知っていた。

ジェミールはオオカミのため、軍の統制などが得意なのだと聞いたことがある。

そして、とても可愛いと思っている尻尾と耳が感情によって大きく揺れたりぺたんこになったりする。あれは、今度触らせてもらいたいところだ。なんて思いながら読み進めて、驚愕する。

『どの獣人にも共通することだが、獣人の特性が現れる部位（尻尾や耳、鱗（うろこ）など）は、決して触れてはならない。彼らは触れられることを大変嫌がり、場合によっては攻撃されることもある。』

読んだ瞬間、身が縮む思いをした。

これを知らなければ、フィディアはいつか、ジェミールの尻尾を撫でていただろう。ぺたんこになった耳をそっと持ち上げることまでしたかもしれない。

「触っちゃ、いけないいんだ」

とても残念だ。

フィディアが望めば、ジェミールならば「いいよ」と言ってくれるかもしれない。

でも、嫌がるのを知っているのに触るのはダメだ。

『第二章　番（つがい）』

いきなり番（つがい）のことが出てきた。

フィディアはドキドキしながらページをめくった。

『番とは。

獣人にとって魂が呼び合う相手であり、唯一無二の相手である。』

読みながら、フィディアは頬が熱くなるのを感じた。

ジェミールに言われたわけでもないのに、彼のフィディアを見つめるまなざしを思い出して、変に照れてしまう。

『まず、番がいる獣人は番が最優先。番さえ喜べば本人を蔑ろにしてもよい。これが大前提である。』

最初から驚かされる。

ジェミールよりも、フィディアが優先される？

『ただし、番へのアプローチは逆効果。獣人は独占欲の強い人種である。

番へ話しかける・握手などは親しくなってからでも気を付けるべし。触ることはもちろん、見ることも控えるように。名前を呼んでもらうことも避け、役職名で呼ぶように伝えることが必要だ。

そうすることで、番とは一定の距離を保っていると獣人へ伝えることができる。』

最初に挨拶をした時、家令のカーヴィンに、自分のことは役職名で呼ぶように伝えられた。

こういうことだったのかと、今更気が付く。

『番へのプレゼントは、食べ物のみ。アクセサリーなど身に着けるものは禁止。

彼らは独占欲が強く、自分が贈ったもの以外を身に着けさせない。他人から贈られたものを身に着けることを非常に嫌がる。

高価な贈り物は、獣人本人へ。アクセサリーではなく、原石などの加工前の素材がよい。』

当然のように書き連ねられた文章に、フィディアは目を白黒させる。

獣人は総じて位が高い。

本人の能力が高いので、それに見合った地位が自ずと与えられるためである。

しかし、番となる人は誰でもいいのだ。身分や生い立ちに関係なく、番だと見い出されるだけで、全て受け入れてもらえる。

だからこそ、物語になる。もしもと夢を見させてもらえるのだ。

みすぼらしいと思われていると、思い込んだ。

自分の劣等感を、相手のせいにして、取り返しのつかないことをした。

無知のために愛する人を傷つけた。

すぐに着替えなければ。

フィディアは立ち上がって、クローゼットを開けようとして思いとどまる。

フィディアは、彼からの贈り物を全て拒否した。

いらないと跳ねのけたのに、彼に了解を得る前に勝手に着てもいいのだろうか。

着てくれたのかと、喜んでくれるかもしれない。

だけど、受け取ってもいないものを勝手に着るのは違うと思った。

きっと、こんなところも頑固だと言われるのだろう。

フィディアは、ちらりとベッドを見る。

部屋の中を見回しても、ない。受け取ってないのだから、あるわけがない。

唯一、受け取った……アレ。

フィディアは勢いをつけて立ち上がる。

アレしかないのだから、アレを身に着けるほかない。

自業自得なのだから、自分で片をつける！

フィディアはユキアを呼んだ。


夕食を部屋に準備してもらって、フィディアはジェミールの帰宅を待った。

彼が帰ってきたと連絡はあったが、こんな格好でお出迎えなどできるわけがない。

フィディアは往生際（おうじょうぎわ）悪く、自室のベッドに潜（もぐ）り込んで、シーツにくるまっていた。

急ぐ足音がして、ノックももどかしいと言わんばかりに、フィディアの部屋のドアが開く。

扉に目を向けると、髪を乱したジェミールが立っていた。よほど急いで駆けつけてくれたようだ。

「それではフィディア様、失礼しますね」

食事の用意をしていたユキアが挨拶をして去っていく。

ジェミールは後ろを振り返り、フィディアを見て首を傾げながら部屋に入ってきた。

「フィディア、具合が悪いのか？　食事をフィディアの部屋に準備していると聞いて……」

ジェミールが心配そうにフィディアに近づいてきた。

出迎えもしなかったフィディアを怒りもせずに心配してくれている。

「いえ、元気です」

「布団に入っているのに？」

彼が部屋に入ってきたら、すぐにベッドから出て謝ろうと思っていた。

彼から唯一、受け取った……下着とは呼べないアレ。でも、まあ、一応布なわけだし、見せられない場所にはある程度可愛らしくレースがついてるし。

と、思って着てみたけれど。

着てみたらもっと卑猥だったのだ！　なんでっ⁉

これだったら裸の方が恥ずかしくないのではないかと思わせるいやらしさが、全身から立ち上ってしまったのだ。

「はあ、あの……」

ここから出なければと思うが、どうにも勇気が出ない。

「顔が赤い。熱は？　食欲がないのか？　果物を持ってこさせようか」

「いいえ！」

この状態をユキアとジェミール以外に見られるなんてとんでもない。

フィディアは一度ギュッと目を閉じてから、ぱっとシーツを投げた。

「おっ？」

緊張しすぎたせいで手元が狂い、ジェミールに向かってシーツが飛んでいってしまったが、やり直しなどきかないのだから仕方がない。

ジェミールがシーツに気を取られている間に、フィディアはベッドから下りたって、彼を見た。

シーツからフィディアに視線を移した彼は、目を丸くして固まった。

ジェミールの視線が、フィディアの隅から隅まで舐めるように滑っていく。

フィディアは全身が真っ赤に染まっていくのを感じた。

腕で自分を抱きしめるようにして体を隠しながらも、ジェミールを見つめた。

「ジェミール様。……あの、私……」

「誰にこんなことをしろと言われた？」

フィディアが口を開こうとしたのを遮るように、低いジェミールの声が響く。

明らかに怒っている彼の声に、フィディアの全身がびくりと震える。

ジェミールは苛立(いらだ)たしげにため息を吐いて、持っていたシーツでフィディアをくるむ。

「フィディア。俺は、君を欲しいとは思っているが、無理矢理自分のものにしたいなんて思っていない。誰かに強制されて差し出される君を求めてはいないんだ」

苦しげな声に、視線を上げると、泣きそうな瞳と目が合った。

また悲しませてしまった。

誤解だけど、そんな誤解を与える態度を取っていたのはフィディアだ。ジェミールには、フィディアが進んでこの下着を身に着けるとは思えないのだ。

「ジェミール様、これは、私の意思です。誰からも強制されてはいません」

フィディアが言っても、彼は困った様子で微笑むだけだ。

ジェミールは優しくフィディアの頭を撫でて、彼女の服を探すように室内に視線を巡らす。

「ユキアを呼ぼう。今日着ていた服を……」

彼が準備した服が、クローゼットにたくさんあるのは知っている。

本当は嫌なはずなのに、フィディアの意思を尊重して、フィディアが持っていた服を着せようとしてくれる。そんな優しい彼に、愛おしさが溢れる。

フィディアはシーツを落として彼に抱き付く。

「――――っ！」

息を呑んで固まる彼に抱き付いたまま、フィディアは叫ぶ。

「ごめんなさいっ！」

「ん、……ん？　ごめんなさい？　何を謝られているのか、分からないが」

戸惑いながらも抱き寄せてくれる腕は温かく心地いい。

フィディアはジェミールの腕の中で、おずおずとその顔を見上げた。

「獣人の方の、常識を知りませんでした。ジェミール様が、どうしてドレスを作ってくれようとしているかも考えずに、意地を、張りました」

「常識？」

ジェミールはなんのことを言われているのか分からないと、首を傾げる。その間も、大きな温かい手が肩を優しく撫でてくれて、フィディアは心地よさに息を吐く。

「獣人の方は……番（つがい）が、自分が贈ったもの以外身に着けるのを嫌うということを、知りませんでした」

フィディアが見つめる先で、ジェミールは目を瞬（しばた）かせる。

フィディアがその常識を知らないということを考えてもみなかったのだろう。それだけ、世間的に知られていることなのだ。

何度もジェミールが綺麗だと言ってくれていたにもかかわらず、自分の服を馬鹿にされていると決めつけて彼を責めた。

ジェミールはそっとフィディアを抱き上げて、食事が準備されたテーブルに座る。フィディアは彼の膝の上だ。

「寒くない？」

ジェミールは優しく問いかけてくれる。いっそのこと、寒いと言ってシーツでも被れば落ち着くかもしれないが、これは彼に対しての誠意なのだから、我慢しなければ。

フィディアは彼の顔を見て話そうとして——諦めた。少し体を離すと、自分の着ているものが見えて恥ずかしい。

フィディアはジェミールに体を押し付けるように隠しながら、説明をする。

自分がどうして濃緑のドレスを着ようとしたか。着なければならないと思ったか。

自分がみっともなくて、恥ずかしくて。それを言うことも嫌で、ジェミールばかりが悪いことにしようとした。

「……これを着たのは？」

ひらりと裾をつままれて、自分が思った以上に体がびくりと反応した。

「ジェミール様からいただいたのが……これしか、なかったのです」

ジェミールは目を丸くして、クローゼットを示す。

「知らなかったのか？　俺が準備したものがあの中にたくさん入っている」

「だって……一度、いらないと言ってしまったものを、ジェミール様の了解を得ずに着るのはいけないと思ったのです」

ジェミールは呆れたようにフィディアを見て、すぐに肩を震わせながら笑う。

「なるほど。頑固だ」

笑いながらキスをして、彼の手が肌を滑っていく感触に震える。

「ここに食事を準備させたのは、その格好で部屋の外に出られないから？」

「……そうです」

「俺に了解を得てから着替えて、食事をすればよかったのに」

――なるほど。

またもや、これしか方法がないという思い込みでやってしまった。

口をとがらせるフィディアを見て、ジェミールはおかしくてたまらないというように笑う。

「よかった。フィディアがどうしたら許してくれるのかと思っていたから、安心した」

ジェミールはフィディアのこめかみにキスをして、「お腹空いたね？」と囁いた。

目の前に、フォークに刺さったトマトが差し出される。

この体勢のまま食べるのは恥ずかしいが、この格好のまま、彼の目の前に座って食事するのも恥ずかしい。

「ジェミール様、着替えたいです」

クローゼットの中のドレスが欲しいと言えば、「もちろん」と笑顔で返事をしてくれた。

だが、

「ユキアを帰してしまっただろう？　明日、着せてもらおうね」

と言われて、着替えられなくなってしまった。

もしかしたら一人でも着られるものがあるかもしれない。

そう思ったが、口の中にトマトを入れられ、言葉を封じられる。

呑み込むと、次を差し出される。

次から次へと差し出されて、無言で食べたが、フランクフルトを切らずに口の中に入れられた時は、頬張りすぎて涙目になってしまった。

ジェミールが目を輝かせて、楽しそうに食べさせるので断れなくなってしまったのだ。

「ジェミール様も」

フォークがこちら側にはジェミールが持っているものしかなくて、フィディアはトマトを指でつまんで彼に差し出す。

フィディアにばかり食べさせているけれど、ジェミールもお腹を空かせていると思ったのだ。

ジェミールが持つフォークを貸してもらえばよかったと思ったのは、差し出してしまってから。

ジェミールが目を丸くするところを見て、手で食べるなんて行儀が悪かったと後悔した。

そもそも抱きかかえられている時点でマナーも何もないのだが。

「フィディア」

名を呼ばれたと思ったら、トマトをつまんだ指ごと、彼の口の中に食まれていた。

ジェミールの柔らかな唇が指先に触れる。

「――っ！」

触れたのは指先だけなのに、全身にしびれが走って、フィディアは驚いて指を引こうとした。

けれど、それは叶わず、ジェミールの手に彼女の手は捕らえられる。

「ジェミール様っ……！」

フィディアの手を捕まえて、指先から舌を這わせる彼に、抗議するように名前を呼んだ……つもりだった。

実際に声に出たのは、甘えるような吐息混じりの呼びかけだ。

フィディアに名前を呼ばれた彼は、指から視線を外し、ふっと笑んだ。

彼の色気溢れる笑みに、フィディアは何も言えずに顔を赤くして、彼をじっと見つめた。

「フィディア、愛している」

「ジェ……んっ……」

フィディアも答えようとしたのに、すぐに口の中に吸い込まれて、音にならない。

ジェミールの舌が、滑らかに歯列をなぞる。

フィディアが身をよじると、レースで隠されていた胸の頂が姿を現す。そこは触ってもらうのを待っているようにピンと立ち上がっている。

薄布越しに、ジェミールは優しく手のひらでこねるように転がす。

馬車の中で覚えさせられた快感を知っているフィディアは、もどかしさを覚えて、もっと強くしてほしいと望む。

ジェミールの手に体を押し付けるように動くと、それに気が付いた途端、ジェミールは力を緩めて離れてしまう。

「やぁ……っ」

もっと欲しくて、彼の手を自分の胸に押し付けた。

「フィディア」

何かを呑み込む音の後、ジェミールがフィディアを呼ぶ。

フィディアは体中がむずむずしてもどかしくて、どうにかしてほしいとジェミールを見つめる。

「ああ……そんな顔で俺を見て……。いやらしくて可愛いフィディア」

囁き（ささや）ながら、ジェミールはキュッと胸の頂をつまむ。

「ふっ……あっ、あっ」

クニクニとこねられて、小さな頂を引っ張られているだけなのに、フィディアは耐え切れなくなって体をくねらせる。

背後からカチャカチャと音がしたので見てみれば、ジェミールが使い終わった食器を端に避けている。

「お片付け……私が……」

食べたのはほとんどフィディアだ。手を出そうとしたが、ジェミールに「そうじゃない」と言われ、そのまま耳を食(は)まれる。

直接吹き込まれる彼の熱い息に、フィディアの熱も上がって体が溶けてしまいそうだ。

「ここに座って」

そう言って座らされたのは、片付けてスペースができたテーブルの上。

ジェミールから体が離れて、冷たい空気が二人の間を通り過ぎる。

あられもない格好で食卓に座っているという状態に、快感を求めて霞んでいたフィディアの思考が冷静になる。途端、羞恥が戻ってくる。

「えっ……!? だ、ダメです！」

「よく見せて」

慌てて下りようとしたフィディアに、懇願(こんがん)するような声がかかる。

ジェミールが真剣な顔で、椅子に座ったままフィディアを見上げていた。

「俺が贈ったものを初めて着たフィディアを、よく見たい」

これがドレスであれば、くるりと回って隅々まで見せただろう。しかし、贈られたものの表面積があまりにも狭い上に、透けているので、ほぼフィディアの裸体をじっくり眺められるようなものだ。

「隠さないで」

手を胸の前で交差させようとすれば、ジェミールに阻まれ、フィディアはただ羞恥に耐えるしかない。

「綺麗だ」

うっとりと見つめられているだけなのに、快感の記憶が戻ってくる。

ジェミールが唇を舐めるだけで、フィディアの体の奥がさらに熱を持つ。

触られたい。キスをしたい。もっと、奥深くまで。

「座っていたら、下が見えにくいな。足を開いて」

言われている意味が分からず、ぼんやりとジェミールを見つめる。ジェミールはにっこりと笑って、フィディアの両足を持ち上げて、その間に体を滑り込ませてきた。

「じぇ、ジェミール様っ……！」

後ろに倒れそうになって、慌てて手をつくと、かちゃんと食器がぶつかる音がする。

「全部見たい」

全部も何も、そこには何もない。――布が、ないのだ。

ショーツとしてあるまじき存在だ。本来あるべきはずの布はなく、太めのレースと、薄布があるのに、ぱっくりと中央が割れている。明らかに縫合ミスだと思う。

「ダメダメっ！　そこは、何もないからっ！」

自分でも間近で見たことがない場所を、ジェミールに見られるだなんてとんでもない。

思わず敬語も忘れて、近づいてくる彼の肩を一生懸命押し返す。

「何もないことはない……。可愛い蕾が」

フィディアの押し返す手など、ジェミールにはなんの妨げにもならないようだ。

顔をそこに近づけ、ぺろりと舐めた。

そんなところを舐めるなんて。

信じられない思いと共に背筋を駆け上がる快感に、フィディアは声にならない悲鳴をあげる。

「ん？　少し舐めただけでイッたのか？　フィディアは感じやすいな」

「しゃべったら、ダメだからっ……！」

何を言われているのか理解する余裕はない。

意思とは無関係に跳ねる体が、テーブルを揺らし、ガチャガチャと食器が音を立てる。

こんなに動いたら食器を割ってしまう。

そう思って食器に目を向けたフィディアを、ジェミールが抱き上げる。

「ひゃあっ」

突然浮き上がった体に驚いている間に、すぐにベッドに下ろされる。

「俺がフィディアだけを見ているのに、フィディアは他のことに気を取られるのか？」

どうやら、フィディアが食器を気にするのはいけないことだったようだ。

いや、しかし、テーブルの上であんなことをしたのはジェミールだし、テーブルの上のものが気になるのは仕方がないはずだ。何せ、公爵家の食器は絶対に一枚一枚が高価なのだから。

弁明をしようとした口は、ジェミールに塞がれ、柔らかな舌がフィディアの舌に絡められる。

また、足をぐいと広げられて、その間にジェミールが割り込んできた。

それを気にすることもできずに、一日ぶりに与えられた濃厚な口づけにフィディアは溺れる。

「んっ……んん。ふぁ」

息が苦しいけれど、そんなことは些末だと言えるほどの快感。フィディアの息が荒いのと同じくらいジェミールの息も荒々しい。

彼も気持ちがいいのだと思って、フィディアは安心してキスに没頭する。

彼の手はさっきみたいに焦らすことなく、フィディアの胸を揉みしだきながら、先端を指の股に挟んで押しつぶす。痛く感じてもおかしくないほどの強さなのに、フィディアの体は快感に震えるのだ。

どれだけの間、口づけをしていたのか、彼がフィディアから口を離す。

荒い息を吐きながら、フィディアは彼の服をぎゅっと掴んで舌を出した。

「ん……もっと」

ねだると、舌にがぶりと噛みつかれた。

「服を脱ぐ。待ってくれ」

噛みつかれたことに驚いていると、フィディアの上から上半身だけ起こして、ジェミールは手早く服を脱ぎ捨てていく。

脱ぎながらも、彼の視線はフィディアの体を這うことをやめない。

その視線に、触れられた時の感触が呼び起こされて、見られているだけなのに体が震える。

軍服の下から現れたのは逞しい体躯。

盛り上がった筋肉が、彼が服を脱いでいくたびに色っぽく動いて、フィディアはじっと彼を見つめた。

八つに割れた腹筋を触ってみたくて手を伸ばすと、その手を捕えられた。

「今、余裕ないんだ。悪いが、フィディアが触るのはまた今度」

そう言って、彼の唇が降ってきたのは、フィディアの唇ではなかった。レースの陰から見える尖った胸の先端を、彼の柔らかな唇が挟んで引っ張る。

「あっ……！　ああっ、ジェミール様っ」

「様はいらない。ジェムと呼ぶように言っただろう」

フィディアの先端を咥えたまま、ごそごそと動いたかと思ったら、視界の端に脱げ落ちた彼のズボンが見えた。

その間も、先端は咥えられたままで、引っ張られたり押し込められたりする。そのたびにフィディアの体はぴくぴくと跳ねてしまい忙しい。

「ジェミー……ジェムが脱いだのに、私は着たまま？」

彼が裸になったのなら、フィディアも裸になった方がいいのではないだろうか。

ジェミールは口を離し、考えるようにフィディアを見下ろして、首を横に振る。

「これを汚したくはないが……脱がすのが惜しい。これを着たフィディアを、もっと長く見ていたい」

改めて、じっくりと見つめられる。

熱い視線に身をよじって、足を大きく開いていることに今更ながら気が付いた。

「あっ……！」

隠そうと手を伸ばすより先に、ジェミールの指がそこに触れる。

「ひあっ」

びりっと刺激が走って、フィディアは目を瞬(しばた)かせる。

少し触れただけなのに、受けた刺激が強すぎる。

「ああ、悪い。少し痛かったか？」

ジェミールは、自分の指を舐めて唾液を纏(まと)わせてから、もう一度触れる。

そんなに痛かったわけではないけれど……と、考えながら、彼がすることをぼうっと眺めてしまった。ぬるりと、彼の指がフィディアの秘所を這(は)う。

「んんっ……？　や……嘘、ダメっ」

今までの快感とはまた別の種類の快感が襲ってきた。

さっき、少しだけ舐められた瞬間に全身がこわばるような、そして力が抜けるような感覚があった。そんなところを触られ続けてしまったら、体のコントロールが効かなくなる。

そうは思っても、すでに自分の体をあまり制御できていない。

ジェミールの腕に手を添えたような状態で、フィディアは甘い声をあげながら快感を貪（むさぼ）ってしまう。自分の体が言うことを聞かない。

そのことに恐怖を感じながら、フィディアはジェミールに手を伸ばす。

彼は空いた方の手で、フィディアの手を握り、手の甲にキスを落とす。

ホッと息を吐いた瞬間、つぷり……と、中に何かが入ってきた。

「んっ……！」

違和感に、また体がこわばる。

「痛い？」

心配そうに聞かれ、違和感はあるが痛くはないと伝える。

痛くはない。だけど、とても妙な感じなのだ。

眉根を寄せていると、眉間にキスが降ってくる。

「もう少し、ほぐそうな」

そして、違和感が倍になった。

ジェミールが、フィディアの様子を窺っているのが分かる。何かが中に入ってい る——多分、ジェミールの指が、内側をひっかくように動く。

入口が引っ張られるような感じで痛いと言えば痛いけれど、内側の違和感に比べたら 微々たるものだ。

体の中に何か入っている。

今までに感じたことがない感覚だ。

また眉間にしわが寄っていたのだろうか。ジェミールがおでこにキスをしてふっと微 笑む。

「痛みはなさそうだな」

言いながら、指が奥へぐっと押し込まれ、同時に親指が前方にある核に触れる。

「ひ……あっ！」

一度だけ、ジェミールが舐めた場所。

指が中をぐちゅぐちゅとかき回して、溢れてきた蜜を纏った指が花芽をこする。

「ああ……。こんなに俺の指を締め付けて。気持ちいい？」

気持ちいい？　これは気持ちいいという感覚なのだろうか。

全身の熱が上がる。ぐいぐいと押し上げられているような感じだ。

「フィディア。もう一度、イこうか？」

耳に直接囁(ささや)かれて、舌を差し込まれる。

同時に、ぐっと彼の指に力が入って花芽を押しつぶした。

瞬間、フィディアの体は痙攣(けいれん)でも起こしたように震えて手足をピンと伸ばす。

「はっ……あぁぁんっ」

大きな動きをしたわけでもないのに、心臓がどくどくと大きな音を立てて、息が上がる。生理的な涙がこぼれて、それをジェミールが舐めとる。

「いい子だ。上手だよ」

中から指が抜かれ、力が抜ける。

褒められながら、顔中にキスをされて、フィディアは嬉しくて微笑む。

「ん……ジェム」

だけど、ご褒美なら、口に欲しい。

フィディアがあごを上げてねだると、舌なめずりするような表情で、ジェミールがキスをくれる。

キスに夢中になっていると、両膝が抱えられた。

「えっ……！　ジェム、この格好は……！」

まるでつぶれたカエルのようではないか。

生まれてこの方、こんな変な格好したことはない。しかも、それが愛する人の目にさらされるなんて。

フィディアが嫌だと抵抗をすると、ジェミールは困ったように笑う。

「これが愛し合う時、普通の格好なんだよ」

「ええ!?」

みんなこんな格好をしているというのか。

ふと、嫌な気持ちが浮かんで、それはそのまま表情に表れてしまう。

ジェミールも、他の女性のこんな格好を……

「実際にさせるのは俺も初めてだ。他の女性とこんなことをした経験はない」

真面目な表情に、フィディアは驚いてしまう。

きっと、今までそういう経験は豊富だろうと思っていた。ジェミールの全てが、女性が望む男性像そのものだ。視線を送るだけでもその気になってしまう女性はいたはずだ。

……フィディアだって、きっとそうなる。

「勉強だけはたくさんした。番が現れた時に困らないように、本当に、いろいろなことを親兄弟に教えられたよ」

「……」

その様子を思わず想像してしまい赤面する。もしもその場に居合わせたとしたら、とても耐えられない。

「フィディアは勉強していない？」

聞かれて、学んでおかなければならなかったことかと戸惑う。

貴族は、閨事を学んでから嫁に行くのだと聞いていた。

結婚が決まってから教えてもらえると思っていたのだが、そんな暇はなかったことを思い出す。

「は……はい。すみません」

謝るフィディアを見て、ジェミールはくすくすと笑う。

「怒っているわけじゃない……いや、むしろ、喜んでいる。フィディアに一から教え込むのが自分だということに、思った以上に歓喜している」

ジェミールの本当に嬉しそうで、しかもちょっと悪そうな表情に、フィディアはそこはかとなく怖さを感じてしまう。

何か、変なことを教える気ではないだろうか。

フィディアが不信感を抱きつつあるのに気が付かず、舌なめずりをして、ジェミール
はさっきまで指が入っていたあたりにぐりっと固いものを押し当てる。
それは中に入っていかずに、滑るようにフィディアの秘所を往復する。
「や……んんっあっ、あっ」
そして、さらに膝を持ち上げて広げられ、羞恥にフィディアの頬に朱がさす。
「ジェム……恥ずかしいっ」
キスをしながらだったら、まだ耐えられるのに。ジェミールは両膝を持ち上げて、上
半身を起こしたまま、フィディアの秘所に彼自身をこすりつけているのだ。
彼の目には、卑猥な格好でカエルのように転がるフィディアの全身が見えているはず
だ。どこもかしこも丸見えのまま。
これで、快感を拾っているのだから、さらに恥ずかしい。
ジェミールに両手を伸ばす。抱きしめて体を隠したいのに、彼はフィディアの手のひ
らにキスを落とすだけだ。
「可愛い。可愛い。可愛い。ああっ、フィディア……！」
ジェミールはうっとりとフィディアを眺めながら、ぐっと彼女の足を引き寄せた。
じゅぶっと何かが埋まる感触。

指よりも浅い場所にしか入ってきていないのに、苦しい。

「フィディア……少し、我慢してくれ」

フィディアよりよほど苦しそうにジェミールが言う。

「は、はいっ！」

宣言と共に、彼の腰が進んでくる。圧倒的な質量が中に入り込んできて、めりめりと引き裂かれているような気分だ。

「いっ……!?」

痛い。ものすごく痛い。しかも、苦しい。内側に大きなものが入り込んできて、呼吸を圧迫されているような錯覚を抱く。

「力を抜いてくれっ……」

「む……りぃ」

痛くて、呼吸もままならないのに、力を抜くってどうやるのか分からない。そもそも、入れているかどうかも分からない力を抜く方法なんか分からない。

言われて、自分が目を閉じていたことに気が付く。

「フィディア。目を開けて」

目を開けて、目の前にジェミールの心配そうな顔があって、ホッとする。

「ん……、そう。そのまま俺を見て。可愛いフィディア。愛してるよ」

触れ合うだけの優しいキスをもらって、うっとりする。

「ジェム……もっと」

手を伸ばして、引き寄せようとすると、うなり声が聞こえた。

「ぐぅ……っ、っ、危なかった」

はーっと大きな息を吐いて、ジェミールは頬にもう一度キスをする。

「あまり追い込まないでくれ」

そんなことをした覚えはない。

事態が分かっていないフィディアに苦笑を返し、ジェミールはさらに腰を進める。

落ち着いていた圧迫感と痛みが、再び襲ってくる。

「こっちで気持ちよくなろうか」

痛みに息が浅くなっていると、ジェミールが胸を両手で包み込む。

そして、両方の頂をつまんできゅっと引っ張ってからこね始める。

「あっ……？　や、ジェム、それ、今はダメっ」

痛みを我慢しようとしているのに、別のところを触られて、途端にフィディアは気持ちよくなってしまう。

今回だけじゃなく、キスをしながら何度も触れられた頂は、すぐに気持ちいいという感触を思い出す。

背筋がぞわぞわして、体の奥の方に熱が溜まっていく。

でも、今は、その奥の場所にジェミールがいる。

そう思った途端、奥が寂しくて、何かが溢れたような気がした。

「よし。上手だ」

ジェミールが嬉しそうに言って、最後は一気に押し進んできた。

ずんっと、お腹に響くほど奥まで入り込んできた彼に、フィディアはずっと抱いていた奥のむずむずがこれだったのかと理解する。

ずっと、奥に彼が欲しかったのだ。

「ジェム……ジェム、あぁ、ジェム」

痛いのに、満たされたような不思議な気持ちで、フィディアは何度も彼を呼ぶ。

ジェミールも、呼ばれただけ返事をして、頰や肩や足にキスをくれる。

フィディアは愛おしさにジェミールの頰にキスを返して微笑む。

痛いけど、幸せ。彼と繋がれて嬉しい。

フィディアがほうっとため息を吐いて力を抜くと、おもむろにジェミールがフィディアの腰を掴む。

終わりと思っていたフィディアは目を開けてジェミールを見る。

「フィディア、じゃあ、最後までやるよ」

「さいご……」

入れただけで終わりじゃないことを、フィディアは今知った。

フィディアが終わったと思っていたことに気が付きながらも、こんなところで止まれないジェミールは動き始める。

ぐじゅっぐじゅっ。

聞くだけで卑猥(ひわい)な水音が結合部からして、二人の愛液が混ざり合い滴(したた)り落ちる。

「うそ、ジェム……あ、あっ……！」

「フィディア、一番奥が好き？　ここ、ぐりぐりしたら、もう感じてくれているのか。可愛いよ。俺の番(つがい)」

感じているかどうかは分からない。

痛みは圧迫感により遠のいた。実際、奥までジェミールが入り込んでくる感覚は好きだと思う。

自分の中全部が満たされる気分は、安心してずっとこうしていたくなる。

「くっ……」

一度、ジェミールが呻いた後、動きがゆっくりになって、やがて止まる。

荒い息のまま、ジェミールが覆いかぶさってくる。

程よい重さと、素肌が触れ合う感触が気持ちいい。

もぞもぞとジェミールの頭が動いて、首筋にチュッと吸い付かれる。

頭を上げたジェミールと顔を見合わせる。

お互いどちらからともなく微笑み合って、また長いキスが始まった。

ずるりと、体から長いものが出ていく感触。ジェミールが離れた途端、フィディアは慌てて足を閉じる。

「フィディア。拭くから、足はさっきのままにして」

「自分でします！」

首を横に振って全力で拒否した。足を広げたまま、秘所を拭かれるだなんてとんでもない。

ジェミールは不満げにフィディアを見るけれど、こんな状態で「じゃ、お願いします」なんて足を開けるはずがない。

「じゃあ、風呂に入るか？　ユキアが、お湯は準備していると言っていた」

ユキアはなんてできる人なのだろう。

フィディアは喜んで起き上がって……自分の格好に慌てて手近にあったシャツを体に巻き付ける。ジェミールがさっき脱いだ服だ。

下着が……もっとエロいことになっていた。

胸のあたりは唾液で濡れて、あられもなく肌が透けていた。さらに、あちこちにしわが寄って……何故だろう。服のしわがこんなに卑猥に感じられることってあるだろうか。

フィディアはジェミールのシャツに腕を通し、この格好でお風呂まで行くことにした。

「ジェミール様、ちょっとこのシャツお借りしま……うぇ？」

ジェムと呼ぼうとして……少しだけ冷静になってしまった今は気恥ずかしくて、呼び名は戻した。少しずつ慣れていこうと思う。

そんなことを考えながら起き上がった――はずが、もう一度ベッドに逆戻りした。

ジェミールに引き戻されて、ベッドに転がされたのだ。

きょとんとしたフィディアを、壮絶な色気を纏わせ見下ろすジェミール。

「フィディア」

ただ呼ばれただけなのに、この色気溢れる声はなんだろう。

「あ、あの……？　お風呂に……」

「次はお風呂ですする？　でも、あまりやりすぎるとのぼせてしまうから、一度ここで終わってから行こうか」

ツッコミどころが多すぎて、思考が追いつかない。

しかし、もう一度に突入しようとしているジェミールに訴えておかなければならない。

「お、終わったよね？」

それほど激しい運動をしたわけでないのに、全身を包む倦怠感。

これは疲れているせいに違いない。

ゆっくりお風呂に入ってから眠りたい。

ジェミールは、何を言っているんだというように爽やかに笑う。

「俺のシャツを着たフィディアを目の前にして終わる？　そんなわけないだろ」

――シャツ！

フィディアは手元にあったというだけで着たシャツに、思わず目を向ける。

自分が準備したもの以外番（つがい）に与えないという執着を見せる獣人。

だったら、この状態のフィディアは……

「俺の匂いを纏（まと）って、こんな風に誘うなんて。俺を試しているのか？」

ジェミールは、先ほどまでの爽やかな笑顔が嘘のように、段々と獲物を前にした野獣の表情に変わっていく。しかも、獲物は自分だ。

「……フィディアは悪い子だ」

誤解ですっ！

フィディアの訴えは、すぐに中に入り込んできたジェミール自身のせいで声にならなかった。

「あぁぁっ！」

ぴりりとした痛みがあるけれど、快感がそれを上回る。彼が出したものと、フィディアから溢れた愛液で、一度目よりももっと滑りがよく容易に彼を迎え入れてしまう。

「フィディア、よく見せて。――ああ、最高だ」

獣人の前で、番は獣人その人の服を身に着けてはならない。

身に着ければ、大変なことになる。

あの本に、そう書き加えるべきだと思った。

結局、我を忘れるほど興奮したジェミールに貪られ、「フィディアの希望通り」だという、なんとも理不尽な理由でお風呂でも攻められた。

そして、フィディアは指一本も動かせない状態で眠りにつくことになったのだった。

朝、寝返りを打とうとして、体の痛さに呻き声をあげて起きた。

「フィ、フィディア。大丈夫か？」

呻き声を聞いて、近くにいたジェミールが急いで近寄ってくる。

「ジェミール様」

自分の出した声だとは信じられない嗄れ声に驚く。しかも、すごく喉が痛い。

風邪の症状のようだが、目の前でしょぼんとしている大型犬のせいであることは覚えている。

「……ユキアを呼んでください」

「お、俺がっ……！」

「ユキアを呼んでください」

彼が世話をしたがっていることは分かったが、ここで甘い顔は見せられない。

これで甘えてしまったら、またこんなことが起こるかもしれないからだ。

「フィディア……」

「……」

きゅううぅん、と泣き声をあげそうな風情だ。耳がぺったりと頭にくっついてしまって、尻尾もプルプルと震えながら丸まってしまっている。表情もそれと同じように眉が下がって泣いてしまいそうな顔だ。

ジェミールはオオカミだったはず。犬ではないのだが。

「……水をください」

フィディアが言った途端、ぱあっと表情を明るくしたジェミールは、甲斐甲斐しく果実水をグラスに注ぐと、背中を支えて起こしてくれる。

そして、横に座って背中を支えたまま、グラスを手渡してくれる。

勢いよく振られる尻尾からのそよかぜを感じながら、フィディアは果実水に口をつける。

よく冷えていて美味しい。

「ありがとうございます」

水を飲んで、喉の具合が少しよくなった気がする。喘（あえ）ぎすぎで声がつぶれたなんてシャレにならない。

お礼を言ってグラスを返すと、また情けない顔になったジェミールがいた。

「どうしましたか？」

「フィディア……やっぱり怒っているか。怒っているよな。もう、あそこまで無茶なことはしないから許してくれっ！」

微妙な言い回しだ。あそこまでにならなければするると宣言されているような気がする。

しかし、今は彼の満面の笑みが消えた理由を聞こう。

「こんな無茶しないでくれるなら、もういいです」

そう言うのに、ジェミールの表情は晴れない。

フィディアが首を傾げると、泣きそうな表情のまま、ジェミールは叫んだ。

「昨日は、ジェムと呼びながら甘えて抱き付いてきてくれたのに！　もっとと言いながら、俺にすり寄ってきてくれたのに！　どうして、そんなによそよそしいんだ！」

とりあえず、恥ずかしいことを叫ぶ口の端を引っ張る。

「ふぃふぃふぁ」

外そうと思えば外せるだろうが、ジェミールは頬を引っ張られたままおとなしくしている。

「よそよそしくしているわけではないです。昨日の……夜は、あの、正気じゃなかったので、改めてあの口調で話すのは、いきなりは、恥ずかしくて。徐々に、慣れていきます」

記憶の中にある甘えた声が自分のものだと思いたくない。

あんな声、普段から出せるはずがないではないか。

「フィディア！」

急に動かれたせいで、頬をつまんでいた手が外れる。頭に頬をすり寄せられて、きつく抱きしめられた。ひとまず彼の不安が解消したようでよかったと思う。

しかし、ぎゅうぎゅうと抱きしめられて、苦しい上に体が痛い。

一番痛いのは、足の付け根だ。普段開かない角度に開き続けた足の関節が悲鳴をあげている。腰も痛い。

「ジェミール様……横になりたい」

フィディアの訴えに、ジェミールは慌てて彼女をもう一度ベッドに横たえる。

フィディアは初日に着ていた寝間着を着ている。昨夜の服はどこに行ったかと気にならないわけではないが、聞いても羞恥に耐えられると思った時に改めて聞くことにしよう。

「どこが一番痛い？　マッサージをしようか……ほっ、本当にほぐすだけだ！」

訝（いぶか）しがるフィディアの視線に気付いて、ジェミールは首を横に振りながら訴えてくる。

ほぐすという言葉も、昨日も聞いたなと思う。

「いえ。寝てたら治ります」

マッサージ中に、もしも喘（あえ）ぎ声のような声が漏れたら、この獣は何をしてくるか分からない。

信頼がなくなっていることは感じたのだろう。ジェミールはまたしょぼんとしている。

これに関してはフォローしてあげない。

ジェミールは諦めたように笑って、フィディアの頭を撫でる。

大きな手が頭を滑っていく感触はとても気持ちいい。

「ふふ。気持ちいい……」

目を閉じて思わず漏れた言葉に、一拍遅れで「そうか」と返事があった。うつらうつらしていると、ジェミールに話しかけられる。

「フィディアは、昨日の体勢はきつかったか？」

それは、聞かなければいけないことだろうか。

不満顔で目を開けると、思いのほか真剣な顔をしたジェミールがいた。

どうやら真面目に聞かれているみたいだ。フィディアは恥ずかしさを我慢して小さく頷く。あまり体は柔らかい方ではない。普段の生活であんなに足を開くことってないし。

しかし、今の体の痛みは、どう考えても昨夜交わりすぎたからだ。

「そうか。あの格好では何度もできないのか。では、次は背面にしよう。あれは、乳が揉みやすくていいらしい。それか、座位。突き上げる時に感じている顔が目の前にあって、これはこれで……」

ジェミールの表情は真面目だ。大真面目だ。すごく真剣に考えている。

フィディアはふるふると体を震わせて、頭の上の彼の手を振り払う。

「もうしないっ！」

叫んで、ベッドの中に潜り込んだ。

何をさせられるのか具体的にはよく分からないが、絶対にダメなことは分かる。

「フィディア！　今からの話ではないんだ！　これからの！　これからの話でっ！」

そういう問題じゃない。

おろおろしている気配を感じながらも、フィディアは無視をし続け、知らない間に眠ってしまったみたいだ。

いい匂いがして目が覚めた。同時に、お腹が音を立てる。

「お目覚めですか？」

お腹の音で目覚めたことに気が付かれるって、令嬢としてどうだろう。

ユキアがそっとベッドを覗き込んでくる。

「軽くですが、食べられるものをご準備いたしました」

ベッドサイドのテーブルに、スープとサンドイッチがのっている。

「あ、ありがとう」

意識すると、すごくお腹が空いていることに気が付いた。ゆっくりと起き上がって、ベッドの上で食べられるように用意されたトレーを受け取る。

陽が随分高くなっているようだ。どれくらい寝てしまったのか。

「ジェミール様は？」

起きる時までいると思っていた彼の姿がないことが気になってしまう。

「あら、あのケダモノですか？　体力が有り余っているようですから、どこかの森にでも行って走り回っているのではないでしょうか」

ユキアから冷気が漂ってくる。

なのに、彼女はとても朗らかな笑みを浮かべている。それがさらに怖い。

「おほほ。初心者に、何度も、起き上がれないほどの無体を働いたのです。縛り上げて川に流してやってもいいかと思いますわ」

それは、さすがに死んでしまう。

本当はどこに行ったの……なんて聞ける雰囲気じゃない。

「あ、そうなの、ね？」

フィディアが頷いてスープに口をつけると、満足げに頷かれた。

「ご安心ください。フィディア様が完全回復するまでは、この部屋に近づくことすら禁止にしましたので、ゆっくりご療養できますわ」

ユキアの権限がすごい。

公爵邸で、公爵に対して一区画への立ち入り禁止命令が出せるのか。

彼女の言う通り、ジェミールは翌日の昼まで、フィディアの前に姿を現さなかった。

その日の夕方には起き上がれるようにはなっていたが、体力が完全回復するまでだとユキアに言われ、一晩、お言葉に甘えた。

……少しだけ、寂しいなと思ったのは内緒だ。

そして、丸一日以上経った昼食。

今日はユキアに着付けてもらって、ジェミールからもらったドレスを身に着けている。

クローゼットを改めて見て驚いた。色とりどりのドレスに、帽子や靴、日傘まで準備されていた。

あれだけの衣装があるのに、さらに仕立てる必要ってあるだろうか。

今日着ているのは、薄いオレンジ色のドレスである。こんなに明るい色の服は着たことがないし、自分では絶対に選ばない色だ。だけど、ユキアがフィディアの髪の色とよく合うと言ってくれたので着てみた。

派手な色だけど、形はシンプルで大人っぽい。胸元が大きく開いていたので、ストールをかけてくれた。

鏡で見たら、本当に良家のお嬢様みたいだ。もちろん、ユキアがフィディアに似合うものを準備してくれるからだけど、こんなドレスを着こなしているのが不思議な気分だ。

食事室に向かうと、すでにジェミールが待っていて、フィディアが室内に入った途端駆け寄ってきた。

彼は今日は仕事がないようで、いつもの軍服ではなく、シャツにズボンというシンプルな格好だ。軍服は軍服でとても格好いいけれど、こうして飾りのない服を着ると、ジェミールの胸や腕の筋肉が強調されて思わず見惚れてしまう。

彼は何を着ても格好よくて、困る。

「フィディア！　会いたかった！」

同じ家に住んでいるとは思えない台詞(せりふ)を叫びながら、ジェミールはフィディアに抱き付いた。

「大げさな」

ユキアにすっぱりと切り捨てられている。

ユキアは、今回のことでジェミールを雇い主として敬うことはやめたようだ。主人(フィディア)に迷惑をかける犬くらいにまで格下げされているような気がする。

「ジェミール様、昼食を食べましょう？」

放っておいたらいつまでもフィディアに抱き付いていそうな彼を、食卓の方へ引っ張る。

ジェミールは嬉しそうにフィディアにくっついてきて、彼女を膝の上に乗せて座った。ひょいと自然な仕草で乗せられてしまい、抵抗する余地がなかった。

「ジェミール様!?」

そりゃ、一度はやった体勢だが、今回は使用人がたくさんいる。こんなマナー違反はよろしくない。何より、恥ずかしい。

ジェミールは、フィディアが恥ずかしがることを分かっていたようだ。手を一振りさせると、ユキア以外全員が、食事の準備が終わり次第退出していった。

「ユキア、お前も出ていけ」

「……」

睨み合いの後、ユキアがフィディアに了解を取るように視線を向ける。

「あ……えと、ユキア、用事があったら呼ぶね」

「かしこまりました」

表情に嫌だと思い切り書いてある。ユキアのジェミールへの信頼はゼロどころかマイナスかもしれない。最後の抵抗とばかりに、ユキアはため息を吐いて退出していった。

ジェミールを見ると、眉間にしわを寄せて不満げにしている。

さすがに、今の態度は悪かったのではないだろうか。もしも彼女が罰されてしまったら困ると、ジェミールに謝罪をしようとした時、彼がこちらをじろりと睨む。

「フィディア」

「は、はい？」

フィディアが怒られるのだろうか。侍女への教育がなってないとかだろうか。

気を引きしめて、ジェミールの視線を受け止める。

「何故、ユキアにはあんなに気安いのに、俺には様付けなんだ。ユキアとの方が親しいとでもいうのか」

……せっかく、きちんと話を聞こうとしたのに。

フィディアはジェミールの言葉は無視して、パンを手に取る。

どうせ、この膝の上から下りて食事することは無理なのだろう。

「お腹空きましたね。ジェミール様はどれが好き？」

ちぎったパンを口の中に放り込んでやると機嫌が直ったようだ。あんまりすると指を舐められるので、ふいをついてぽいっと口に投げ込むような感じだが。

餌やりみたいだな……と感じてしまったことは内緒だ。

「フィディア。今日の予定は？」

そう聞かれても、フィディアに予定など何もない。

公爵家の歴史と、貴族名鑑くらいは勉強しなければと思い、本を借りているが、予定というほどでもない。

「特にありません」

「だったら、仕立屋を呼んでもいいだろうか」

緊張した面持ちで、ジェミールが問いかけてくる。クローゼットの中だけで充分だと思うが、彼にとってはそうではないのだろう。

「舞踏会の衣装ですか？」

「そうだ」

濃緑のドレスはもう着ないことにした。さすがに処分するのはためらっていると、倉庫にしまっておいてくれることになった。

「ジェミール様も一緒にいます？」

ジェミールはもちろんと言って強く頷く。

「よかった。私、ドレスを仕立てるなんてしたことなくて。ジェミール様が選んでくれると嬉しい」

フィディアはそう口にして、おずおずと彼を見上げた。

すると、ジェミールはカッと目を見開いた後、何も言わずぎゅうっとフィディアを抱きしめる。とても感激したのだろう。すごい勢いで頭に頬がすり寄せられている。

ジェミールは感動屋さんだと思う。


「……ダメだ」

先日と同じ応接間。同じ商会が布などを広げている真ん中で、ジェミールは眉間に深くしわを刻んで低く呟く。

フィディアは、布の色を選んでもらっているところだ。

どうやら、ジェミールはフィディアが緑を好きなのだと思っているらしく、明るい緑をあててもらっている。

特別に緑が好きというわけではないが、キラキラと照明に反射する綺麗な布だ。これがドレスになったらどんなに素敵だろうと思っていただけに、彼の反応は残念だ。

布をあててくれていた仕立て屋のサリアも、残念そうに首を傾げる。

「そうですか？　もう少し落ち着いたお色になさいますか？」

「……いや、別の色合いのものを」

ジェミールは口に手をあてて、考え込んでいる。緑は似合わなかっただろうか。

「では、こちらのオレンジはいかがですか？　珍しい色合いで、お嬢様のふわふわの髪とよくお似合いです」

次に出してくれたのは、今着ているものとは違う色合いのオレンジの布だ。赤味が強くなく、柔らかな印象になっている。

「綺麗」

フィディアの呟きに、サリアはにっこりと微笑んでくれる。今度は大きく布を引き出し、ふわりとした印象を作り出す。

オレンジはユキアも似合うと言ってくれたし、これは――

「ダメだ」

すぐにジェミールから却下された。

意外と似合っているのではないかと思ったが、ジェミールのお眼鏡にはかなわなかったようだ。

その後も、サリアがいくつか候補を上げてくれるものの、全て却下。

どれもフィディアには似合わないということか。

あんまり即座に却下されるものだから、自分に自信があったわけではないが、少し悲しくなってくる。

ジェミールはいつもフィディアを可愛いと褒めてくれるから、ドレス選びも、どれも似合うと褒めちぎってくれるような気がしていた。

調子に乗っていたということだ。

商会の方の手前、悲しそうな表情を出すわけにいかず、無理矢理笑っていた。

サリアはさすがに気が付いているようで、どうしたらいいのか困っているようだ。申しわけなくて、似合わなくてもこれがいいと言えば、解決するだろうかと思っていた時。

ノックの音がして、クインが入室してきた。

「失礼します。確認したいことがありまして……お決まりにならないのですか？」

書類を持ったクインが、入った途端、散らかっているようにも見える布の束を目にして驚く。

それからフィディアと難しそうに考え込むジェミールを交互に見て、顔をしかめた後、深いため息を吐いた。

「また、何をなさっておいでですか」

小さく呟き、フィディアに向かって声をかける。

「フィディア様。そのお色はお好きですか？」

「え？　あ……えと……」

今持っているのは、赤だ。嫌いな色ではないが、真っ赤なドレスにするとなると、フィディアにはきつい感じになって、ドレスが浮いてしまうような気がする。

サリアも候補がどんどん絞られてきて、フィディアにはあまりに合わないだろう色合いのものも出してきている。

「閣下に、似合うかどうか聞いてみてください」

あんなに難しい顔をした人に？

フィディアは戸惑って視線を返すが、クインに、さっさと聞けとばかりにあごで促された。

どうしてそんなことをわざわざ聞くのか分からないが、おずおずとフィディアは口を開く。

「ジェミール様」

呼びかけると、布の海を見ながら真剣に考え込んでいたジェミールがこちらを向く。

持っていた赤い布を広げて体にあててみる。

「似合っていますか？」

似合わないと言われているのに、改めて聞くのは恥ずかしい。

困ったように、「いや……」と返事をされると思っていた。

「ああ。もちろんだ。すごく似合っている」

思ってもみない反応に、フィディアは固まる。横でサリアも目を丸くしていた。

「え？　あ、えっと、こっちはどうでした？」

赤い布の前にあてていた黄色の布。フィディアが着れば、ひよこのようにしかならないと思われる明るい黄色だ。

「ああ。とても似合う」

フィディアは、一番気に入ったオレンジの布を持ち上げて、自分で体に合わせてみる。

「では、これはどうでしょう？」

「くっ……！　なんということだ。あまりに似合いすぎている！　フィディアの愛らしさが凄まじくて、誰にも制御できないではないか！」

苦悩するように頭を抱えるジェミールへ、今度はサリアが提案する。

「この青はどうでしょう？　奥様の初々しさが際立ちます」

「フィディアの美しさを最大限に引き出しすぎている！　それはダメだ！」

フィディアの方が頭を抱えてしまった。

なんというたたまれない理由で反対をしていたのか。

獣人は独占欲が強いという。

舞踏会で着る用の、いわば人の目に触れるためのドレスは、フィディアの魅力を半減させるものか、目立たせないようにするものがいいのだろうか。

どの色も、そんなによく似合うはずがない。赤や黄色は自分でもどうかと思っていたのに、それさえも彼には似合うと思えてしまうのだ。

「ごめんなさい」

顔を両手で覆ったまま、隣のサリアにしか聞こえない声量で囁くように謝った。サリアは苦笑しながらも頷いてくれる。

似合わないと反対されていたわけではないと、ホッとする。

しかし、これではそもそもドレスの色など決まるはずがない。

フィディアは困って床に置かれた布をぐるりと見回した。

その時、他の布に埋もれるようにして置かれていたある布が、フィディアの目に留まる。そして、少し高い場所に置かれているもう一枚の布と糸。

クインはジェミールのもとへ向かうのに、わざわざフィディアの近くを通るように歩いてくる。

「閣下は思い込んだらそれに集中してしまうので、疑問に思ったことは素直にお聞きになられた方がいいかと思いますよ。悩まれたら、何故かと聞くのは、お互いの理解を深めるためには必要なことです」

クインが歩きながら、困ったようにフィディアに言う。きっと、こんなことを自分が言ってもいいものかと思いながらも進言してくれているのだ。

「悩みとはなんだ!?」

お礼を言おうと口を開いた瞬間、ジェミールが怒りながらフィディアの傍まで歩いてきた。

サリアはすぐに横に避け、赤と黄色の布を片付け始めている。

「な、悩みというほどのことでは……」

もう解決してしまったことだし、そんなことで悩むなんて恥ずかしいと、誤魔化そうとした。

けれど、ジェミールが苦しげに顔を歪め、その表情を隠すように無表情になった瞬間を見てしまった。

「――そうか」

ジェミールはフィディアから目をそらし、クインが持ってきた書類へ視線を移す。

とても自然な動きだが、普段のジェミールを知っているフィディアにとっては不自然な動きだった。

クインがこめかみをぐりぐりと押しながら、フィディアをちらりと見た。書類をジェミールに差し出したまま、ため息まで吐いている。

ジェミールはフィディアが悩みを抱えていることを気にして問いかけたのだ。しかも、彼女の悩みをクインは分かっている。

常ならば嫉妬を爆発させそうなものだが、ジェミールは問い詰めるのではなく、苦しそうな顔で諦めた。

フィディアだって、気になってもそんな風に誤魔化されたら、それ以上怖くて聞けない。

「ど……っ、どれもこれも、そんなに似合わないかと思って、悲しくなってしまったのです！」

フィディアは、両手を握り締めて、叫ぶように口にした。

「似合わない？」

クインに視線を向けていたジェミールが、不思議そうにフィディアに向き直る。

これ以上言えば、泣いてしまいそうだと思いながら、フィディアは大きく息を吸い込んだ。

「ダメだと言われるばかりだったので、どうしようと思って……」

どうしてもジェミールを責めるような言葉になってしまう。迷いながら話すフィディアの前には、まだきょとんとした顔のジェミールがいる。

「閣下。悩んでいるばかりではなく、女性に対して褒める言葉をかけておられましたか?」

クインが遠慮のない物言いでフィディアに助け舟を出してくれた。

「は?」

「これもダメあれもダメ。ダメダメばかり言って、ダメな理由を口にしていないでしょう。布やデザイン画ばかり見て、女性が申しわけなさそうに立っていることに気が付かないとは、あり得ないのですが」

ありえないとまで言った。

フィディアも、一応周りに気が付かれないように振る舞っていたつもりなので、あんな一瞬で見破られると、それはそれでいたたまれない。

「フィディアッ……!」

ジェミールが目を丸くしてから、両手を広げたところで、彼の顔に書類がぶつかった。

「忙しいのにわざわざここまで出向いて、すぐに片付けなければならない書類を持ってきて差し上げたのですよ。反省したら、先にこっちの確認をしてください」

フィディアのもとにやってこようとしたジェミールを、クインが書類ではたいて止めたのだ。扱いがひどい。

フィディアもこんな大勢の前で抱きしめられ、多分、過剰になるだろう慰め（なぐさ）や誉め言葉を浴びたいわけではないので、止めてくれたことには感謝している。

「閣下。彼女に似合わない色を教えていただけますか」

クインが呆れたことを隠さずに、息を吐きながら言う。

「似合わない……？　それは……」

ジェミールがフィディアを見つめる。苦悩するような表情で、上から下までじっくりと。

「地味な茶色……？　いや、それでもフィディアの美しさは隠せない。では、白……あ、気高すぎて皆が平伏（へいふく）してしまうかもしれない」

ジェミールは目を細めて、フィディアの姿形を検分する。しゃべっている内容を聞かなければ、口元に手を当てて真剣な表情で話す姿は、重要な戦略を練っているところだと言われても皆が信じるだろう。

「だったらやはり緑。いや、妖精と間違われてしまうな。ピンク……黄色……赤……あ、どれも可愛い。俺の腕の中で隠しておきたい」

そろそろ自分の耳か、ジェミールの口を塞いでしまいたいのだが。

彼は悩んだ末に、キッと顔を上げて結論を叫ぶ。

「似合わない色などありはしない！」

なんの解決にもなっていない。

「だったら、ドレスを着ずに舞踏会へ行けと？」

「着ずに……!!」

驚愕の叫びをあげるより前に、即座に却下してくれないだろうか。

「ダメに決まっているだろう！」

当たり前だ。だけど、想像されたのだろうと考えると、フィディアの頬も染まる。

「では、どれを着ても似合うので、どれでもいいですね。奥様、どれがお好みですか？」

急に話を振られて、目を瞬かせると、クインに安心させるように微笑まれた。

「閣下にばかり任せずに、自分でもお好きなものを選ばれていいのですよ」

黙ったまま、ジェミールの決定を待っていたフィディアに言っているのだ。

遠慮せずに、自分の意見を言ってもいいと。

ジェミールも、目を瞬かせて、さらに申しわけなさそうな表情になる。

フィディアの意見を聞くことを忘れていたことを思い出したのだ。

それについては、「選んでくれると嬉しい」と伝えたフィディアのために頑張ってくれたからだろう。それを責める気はない。

フィディアが頷くと、「少し待ってくれ」と言いながら、ジェミールは書類に目を通し始めた。

フィディアはそっとサリアの方へ近寄り、気になった布と糸について尋ねる。

「あれ、別の場所に置いていますが……高いからですか？」

「あら。そうですね。本商会で取り扱う最高ランクのお品です。ただ、きわめて希少で量が入らず、固いのでドレスの生地としては難しいですわ」

この大きな商会の最高ランク。

――バカ高い。

これは選択肢にないなと、他の布に目を向けようとした時に、背後からそっと抱きしめられた。

「どれだ？」

ジェミールがフィディアを抱きかかえ、彼女が気にしていたものを探そうとする。

「え、なんでも……いえ、でも……高いんです！」

誤魔化さないと思った直後に、また遠慮してなんでもないと言おうとしてしまった。

学習能力が低い。

ジェミールは、ふっと笑って、フィディアが気にしていたものを持ってくるように指示を出す。

目の前に広げられたそれ——銀で織られた布と、その糸だ。銀をこれほど細くする技術と、銀そのものの価格を考えても、そこらの宝石をちりばめるよりずっと高価なものになってしまうに違いない。

「これか。これでドレスを作ったらどうなる？」

「いやいや」

「ドレスは難しいですわ。作ってみても、重くてとても着られたものではありません」

「どうにかならないか？　いくらかかってもいい」

「いやいやいやいや！」

ジェミールが自分を全く無視するので、フィディアはお腹に回された彼の腕をぺしぺしと叩いて、首を大きく振る。ジェミールが、ようやくフィディアに目を向ける。

「しかし、これがよかったのだろう？」

悲しそうに言われるが、こんな高いもので身を飾りたいわけではない。

フィディアは、黒い布を指さして、ぼそぼそと説明する。

「黒い布に、銀の糸で刺繍(ししゅう)ができないかなと思ったのです。後は、レースなどにして胸元を飾ってもらうとか……」

でも、そんなに高価なものなら結構です。と、続ける前に、サリアの歓喜の声に阻まれる。

「まあぁ！　素敵ですわ！　黒なんて、喪服くらいしか出ませんのよ！　それを‼　画期的ですわ！」

何かのスイッチを押してしまったのだろう。サリアがスケッチブックを広げて、猛然と何かを描き始めた。

「ああ、閣下の色ですねえ」

呆然とするフィディアの横を通り過ぎながら、クインが言う。

「俺の……？」

言われた途端、フィディアの頬はあっという間に熱を持つ。

気が付かれないとは思っていない。ドレスには独特すぎる色だ。

だけど、改めて言われると、恥ずかしくないわけがない。

『彼の色を纏うことができるのは自分だけだ』と、舞踏会の場で周囲に宣伝して回ろうとしているのだから。

「どれくらいで準備できる？」

ジェミールがサリアに話しかける。

サリアはスケッチブックから視線をジェミールに動かして、鋭く答える。

「こんな素敵なアイデア、すぐにでも取り掛かりたいところですわ。お値段については、かなり張るとだけ申しておきますわ」

「期間はもちろんだが、価格はどうでもいい。量は、どれだけいける？」

「我が商会の人脈を使いまくって、集められるだけ集めましょう。では、数着作っても？」

「もちろんだ。デザインはどんなものを？」

「夜空に浮かぶ星、銀の花畑……格子柄も素敵ですわ」

「オオカミを加えてくれ」

「ああ！　なんてこと！　一番重要なものが抜けておりましたわ。——ああ、美しさと気高さが同時に存在する孤高のドレスになりますわ」

「うむ。フィディアの服は全て黒と銀で揃えよう」

「ええっ⁉」

戦略を立てる会議のような無駄のないやり取りに思わず聞き惚れていたけれど、驚くような話が出てきた。

ジェミールを仰ぎ見ると、満足げに笑っている。彼に費用の話をしても無理だ。

助けを求めて視線を寄越したフィディアに、クインは心得たように頷いた。

「銀は着心地が悪いのですよ。普段着もこれなんて、無茶言わないでください」

それよりも、銀は高いのですよ！　無茶だと言ってください！

フィディアの訴えもむなしく、数着の高額ドレスの発注が決まった。

――クインも、所詮は高位貴族だった。


舞踏会の準備が着々と進んでいく。

王城から、舞踏会の案内までいただいてしまった。その舞踏会は、フィディアのデビューと同時に、婚約披露も兼ねるらしい。

すでに婚約者にはなっているが、ジェミールの立場上、他の貴族へはまず婚約者としての紹介が必要らしい。

ジェミールが、番をそんな風に見せびらかすことは嫌だと言っていた。

しかし、獣人将軍の番だと周知させることが、フィディアを守ることにも繋がると言われて、デビューだけではなく婚約披露も認めたそうだ。

ジェミールが、煩わしいことになって申しわけないと謝ってくれた。

フィディアが平民と変わらない生活をしていたこともあって、ジェミールは彼女を貴族間のしがらみなどに巻き込むつもりはなかったのだという。ドレス作りの時に何度も舞踏会があるというようなことを言っていたのは、フィディアにドレスが必要だと無理矢理でも訴えたかったらしい。

獣人の番は、身分も、時には性別も関係がないため、あまり表舞台には出てこない。獣人が番を見せることを良しとしないからという理由もあるが、貴族のマナーを知っている番が半分もいないせいだ。

それに比べれば、フィディアは高位の方々に及ばなくても、マナーは知っている。だから大丈夫だと思う。

フィディアは、今日届いたばかりのドレスをうっとりと眺める。

光沢のある真っ黒なドレスにあしらわれた銀の刺繍。幾何学模様のように見えるが、よくよく見れば、オオカミであることが分かる。刺繍は全てスカートの部分だけで、上半身はシンプルに、胸元に銀のレースが飾られているだけだ。

大急ぎで作らせたとは思えないほど、細部までこだわったドレスだ。

ドレスに合わせた靴や小物も届いた。

これを着て、フィディアはジェミールにエスコートされる。

考えただけでドキドキしてくる。

「ふふ。明日が楽しみですわね」

ユキアが楽しそうにお茶を準備してくれている。

そう、明日。もう舞踏会は明日なのだ。

「フィディア様の衣装に、黒が増えたことは物申したいところではございますが」

フィディアは自分の服を見下ろして、頬を染める。

フィディアの衣装には、ほぼ全てに黒の差し色が使われるようになってしまった。黒がない時は、銀を。

自分が望んだこととはいえ、あまりにあからさまで、照れくさい。

一度、黒一色のワンピースが届いた時は、

「未亡人と勘違いされて、遊び目的の男性が寄ってきたらどうします？」

という、ユキアの助言により全て黒という服はなくなった。

そんなことを思い出しながら、フィディアは微笑んでドアへ視線を向ける。まもなくジェミールが現れるはずなのだ。

クインが謹慎中という名目で公爵邸滞在中、この屋敷で執務を執り行っているため、ジェミールもここで執務を行っている。

訓練などの時は登城すると言いながら、ほとんど行かない。軍の訓練は別の副官が担っているから大丈夫なのだと言っていた。

だから、食事とティータイムはジェミールと一緒にすることができるのだ。

ノックの音と共にドアが開き、ジェミールが入ってくる。ユキアのこめかみに青筋が浮かんだ。

「ノックをして、返事があるまでお待ちくださいと何度も申し上げているでしょう?」

ユキアが苦言を呈す。来るのは分かっていたことなので、困ってしまうわけではないが、フィディアは曖昧(あいまい)に微笑んでおくしかない。

「フィディア！　今日も愛らしいな」

ジェミールは最近、ユキアの小言に慣れつつある。あっさりと無視をして、フィディアを抱きしめる。

「朝食も一緒だったでしょう」

「朝は艶(なま)めかしかった」

誤解を生む発言はやめてほしい。朝食の時だから、今と同じだったはずだ。

ただ、フィディアは朝に弱いので、少々ぼんやりとしていたかもしれないが。着替えて食事室まで歩いていったので、普段と変わりないほどには回復していたはず。

フィディアが反省したあの夜……あの日だけはそういうことになったが、それ以降、同衾(どうきん)はしていない。

ユキアから、ジェミールは婚約披露も終えていない令嬢の部屋に入り浸ることを禁止されている。

フィディアに無体を働いたことも理由の一つとしてあげられて、強く主張できなかったようだ。

「明日からは、一緒の部屋で過ごそう」

「えっ⁉」

ジェミールの主張は、婚約披露すれば、フィディアと同室で問題ないというのだ。

「結婚してからではないのですか？」

普通、結婚初夜にこそこれから二人きりだねとか言って、緊張しながら初体験を迎えるものだと思っていた。

「そんなに待てない」

彼の甘い言葉には少しずつ慣れつつあるけれど、やはり顔が熱くなってしまう。

「フィディア。明日から、フィディアの部屋はこの屋敷の主寝室だ。いいな」

「はい」

ジェミールに押し切られる状態で、フィディアの部屋の引っ越しが決まった。

結婚前なのにと思わないでもなかったけれど、彼の傍で長い時間を過ごせるのは嬉しい。

そして……覚えさせられた快感は、記憶の中にこびりついて、夢に見てしまう。

彼の指がどんな風にフィディアの上を滑っていったか。彼の唇がどれほどの快感をフィディアにもたらしたか。

あの夜のことを思うと自分が自分じゃいられないような気になって、だからフィディアはジェミールと同室がいいなんて、自分からは言い出せない。ユキアに任せて知らないふりをしていた。

嬉しくないわけがない。

フィディアは、ジェミールの腕に抱かれる様を思い出して、再び頬を熱くした。


父と行った舞踏会は、馬車を借りて、渋滞に巻き込まれて、歩いてすぐの距離を数時間かけて城に入った。

なのに。

一度もスピードを落とすことなく走る公爵家の馬車は、あっという間に城に着き、前回降りた場所よりも奥まで馬車のまま入り込むことができた。

――高位貴族ってすごい。

馬車から降り立つと、周囲の視線が一斉に集中したのが分かった。

横目でチラチラ見ている人もいるけれど、正面から物珍しそうに見てくる人もいる。誰も彼もが、フィディアの動向に注目している。

はあ……と深いため息が、頭の上から降ってくる。

ジェミールもいつものこととはいえ、この視線は辛いのだろうと思い見上げる。彼は、切なげな瞳でフィディアを見つめていた。

「ああ……フィディアが美しすぎる。誰にも見せたくない。辛いっ……！」

フィディアとは次元が違うところで悩んでいた。

ジェミールはそんなことを言いながら、フィディアの腰に腕を回し、左手をすくうように握る。

「今日は俺から離れないように。誘惑に負けて男共が寄ってきてはいけない」

ジェミールの目には、フィディアはどれだけ美女に映っているのだろう。あまりに的外れな心配に、フィディアは呆れてしまう。

誰よりも美しいのは、ジェミール、彼こそだというのに。

今日の彼の装いは、フィディアと揃えた黒地の軍服だ。黒地を縁取るのは、濃い金色。まるで、フィディアの瞳と髪の色だ。式典用の華やか仕様の軍服をかっちりと着込んだ彼は、存在感が他の人々と全然違う。

長身と、筋肉が程よく着いた体躯。切れ長の黒い瞳にさらさらの美しい銀髪。美しすぎるのに、女性とは全く違う凛々しい顔つき。

まるで王子様だ。

「ジェミール様の方こそ、女性が集まってきます」

そんな人の隣に立つのが、ごくごく平凡な自分だ。

ドレスこそ、ジェミールの財力によって最高級のものになっている。髪も複雑に結い上げてもらって、一筋垂らしていて、フィディアのフワフワの髪質が、こんなに綺麗に纏まってくれるとは信じられなかったほどだ。身を飾る宝石は銀で統一され、光を反射してきらきらと輝く。ジェミール自身の色を纏っているようで、仕上がった後に鏡で自分の姿を見た時は、自分史上最高に綺麗だと思った。

フィディアの仕上がりを見て、尻尾を振りまくるジェミールを見るまでは、結構いけてると思うほどに。

しかし、こんなに美しい男性の隣で、それに釣り合うくらい自分も美しいと思えるほどフィディアは自信過剰にはなれない。

フィディアが見上げる横で、ジェミールは首を傾げる。

「俺には、女性が集まってきたことはないよ」

そんな馬鹿な。

カランストン男爵領からほぼ出たことがないフィディアでも知っているほどの高位貴族だ。彼の番と認識されるかも、そうでなくとも、自分に好意を持ってもらえるかもという期待を抱く女性は多いはずだ。

それが、こんなに素敵な男性ならなおさら。

一歩後ろに立つクインに視線を向けると、苦笑が返ってくる。

ちなみに、クインの謹慎は今日の舞踏会で解ける。ジェミールの参加する舞踏会には、いつもクインが補佐として同行している。

「閣下は近づきがたい雰囲気がありますからね」

もう一度見上げて、ジェミールと目が合うと、彼はふわりと微笑む。

「ジェミール様？」

「なんだ？　フィディア」

彼は返事をしただけなのに、愛を囁かれたような甘い声に、フィディアは頬を染める。

「く、クイン様、そんな近づきがたい雰囲気はありません」

「フィディア様限定です。そして、私はまあ信頼されているので大丈夫……でもないようです。あまり話しかけないでください。こちらを見ないで話してくださって大丈夫です」

さっと視線をそらされた。

上を見ると、にっこり笑うジェミール。だけど、一瞬だけ、クインを射殺しそうなほど睨み付けているところを見てしまった。

「あー……気を付けます」

「是非」

端的な返事に、クインを見ずに頷く。

「フィディア。その美しく着飾った姿で、他の男性に話しかけて、相手が誘惑されたと勘違いしたらどうするんだ。ただ立っているだけでも周囲の視線を集めているというのに」

視線を集めているのはジェミールであって、フィディアではない。百歩譲(ゆず)っても、フィディアが着ているドレスが注目されているだけだ。

光沢のある真っ黒な布に、銀糸が施されたドレスは、会場の明かりに照らされて星空のように見えるだろう。そして、オフショルダーの肩口には、銀で編まれたストールをかけている。これは、ドレスよりも重くて驚いた。けれど、布が固いため、ふわりと柔らかく広がっているように見える。

黒のドレスも、このようなストールも、誰も見たことはないだろう。

そして、フィディアの柔らかな髪と相まって柔らかな光を放っているようにさえ見える。思わず、手を伸ばしたくなるほどの柔らかさと神々しさを兼ね備えて。

ジェミールはフィディアをじっくりと見つめて、クインに問いかける。

「クイン。大きな黒い布でフィディアを覆って隠してしまうのはどうだろうか」

「デビューが台無しになること間違いなしです」

ジェミールは本当にフィディアが心配らしく、むう、となりながら明るい光と音楽が流れてくる会場へ視線を向ける。

「ジェミール様、エスコートをしてくれるんでしょう？　私、ジェミール様とダンスが踊れるかもしれないと思って、楽しみにしていたのに……」

会場に入ることを渋るジェミールに不安になって、フィディアは彼の手をそっと握る。

ダンスは可もなく不可もなくという腕前だが、デビューのファーストダンスは彼がパートナーを務めてくれると思っていた。

「楽しみにっ……！」

絞り出すような声と共に、ジェミールが胸を押さえる。

「泣かないでくださいよ。尻尾も耳も気を付けて」

小さな声でクインが注意をして、大きく揺れていた尻尾の勢いが少々収まる。

「よし、行こう」

ジェミールがフィディアの腰を抱き、左手を取って会場内へ促す。

「はい」

ついに、舞踏会が始まる。

緊張をしながら、フィディアは左手を握る手に力を込めた。


会場は、すでに幾人もの人たちが思い思いに会話を楽しんでいた。楽団が静かな音楽を奏でている。

ジェミールが歩き進めると、自然と視線が集まってくる。

もちろん、ジェミールにエスコートをされるフィディアにも。

『アンドロスタイン公爵閣下だ。番(つがい)を見つけられたという話は本当だったのか』

『随分(ずいぶん)とお若い……今日がデビューかしら？　なんだかぎこちないですもの』

『男爵令嬢だとお聞きしましたわ』

あら。ほほ……と笑い声が聞こえる。

フィディアに聞こえるほどなので、ジェミールにも聞こえているだろう。

明らかに嘲っているような口調だが、明確な言葉はないし、「言った」「言わない」の水掛け論になるだけだ。無視をするのが一番だ。

ジェミールも全く表情を変えずに、前を向いている。

その表情を見て、思い出す。

そうだ。フィディアが昔一度だけ見たことがある彼は、こうして真っ直ぐ前を向いていた。

美しい姿はもちろんだが、彼は立ち姿が見惚れるほど凛々しい。

背筋を真っ直ぐに伸ばし、静かに周囲を眺めている。

凛とした雰囲気を感じ、こうして近くにいることを許されていなければ、近寄りがたいのかもしれないと思った。

一人の近衛が近づいてきた。

腰に回ったジェミールの手に力が入る。

近衛はフィディアに目を向けず、ジェミールに挨拶をする。

「失礼いたします。閣下、陛下がお待ちです」

「まだ早いだろう」

ジェミールが一歩前に出て、フィディアを背後に隠す。

「番様に早くお会いしたいと仰せです。本日は、両陛下がお揃いでございます」

フィディアからは、近衛の表情もジェミールの表情も見えない。

ただ、ジェミールの尻尾が、ゆっくりと左右に揺れている。後ろから見える耳も、ピンと立って警戒しているようだ。

王に呼ばれて警戒する理由とはなんだろう。

もしかして、王がフィディアのために舞踏会を開かされたことを不快に思われているのかもしれない。ジェミールは、それを王が直接フィディアに伝えることを阻止している。

そんなことを思い付くと、それが真実だと思えてくる。

末端貴族の特に目を惹くわけでもない平凡な令嬢が、奇跡的に公爵の番に選ばれた。それだけで満足していればいいのに、図々しくも、自分のために舞踏会を開けと要求したのだ。

本当は、婚約だって、ましてや結婚など反対なのかもしれない。

フィディアと結婚することに、ジェミールにとっての益はない。ただ、愛してくれているだけ。

仕えるべき王に反対されたら、彼はどうするだろう――

「違います」

突然、クインが発言して、体がびくりと揺れる。

「いきなりなんだ？」

ジェミールが振り返り、近衛も不思議そうにクインを見ている。

「よく分かりませんが、フィディア様がどんどん不安そうにされていたので、いらぬ心配をしているのだろうと声をおかけしました」

「フィディア？」

視線がすぐにフィディアに集まる。

フィディアはすぐには表情を取り繕えず、視線を泳がせた。

「何か不安なことがあったか？」

ジェミールに頬を両手で挟まれ、強制的に目を合わせられる。

不安なことがあるかどうか聞いている彼の方が、フィディアを不安そうに覗き込んでいる。

「あの……陛下が、急いでお呼びになられていることに、警戒しているようだったから……何か、悪いことかと」

言いながら、また勝手にそう思い込んで一人で不安になっていたのだと気が付いた。

「ああ、なんだ」

ジェミールは微笑んで、フィディアの額に軽く口づける。

「ただ、フィディアのことが早く見たいとわがままを言っている陛下に、可愛いフィディアを紹介したくないだけだ」

だけ……って。

近衛を見ると、気まずそうに視線を俯かせている。フィディアとは決して視線を合わせない。

会場入りする前に、クインに注意されたことを思い出した。

曰く、話しかけるな、こちらを見るな。

獣人は総じて独占欲が強い。それは、相手が王でも発揮されるものなのか。

「私は、ここで待っていましょうか？」

ジェミールが嫌ならば、フィディアが王と会わなければいい話だ。

デビューは、舞踏会が始まればまず王に挨拶する。そこで、祝福の言葉をいただき、正式に大人として貴族の仲間入りとなるのだ。

しかし、フィディアはその通過儀礼にはあまり興味はない。

多くの貴族が注目する中、王の御前に進み、カーテシーを披露し、一言声をかけてもらうだけ。

フィディアがデビューしたいと望んだのは、ジェミールに会えるからだ。

彼の視界に一度だけでもいいから入りたいと望み、舞踏会にやってきた。結果は散々だったが。

こうして、ジェミールの腕の中にいられるのならば、王からの言葉はなくても構わない。

彼はダンスを踊ってくれると言っていたし、それで充分だ。

「いやっ、それは……！」

フィディアの言葉に一番早く反応したのは近衛だった。

フィディアと目が合いそうになると、視線をさっとそらして、もう一度ジェミールに話しかける。

「閣下。陛下は番(つがい)様とお会いしたいと望まれています」

近衛は驚いて動揺しながらも、フィディアの言葉に対する答えでありながら、こちらに直接は話しかけようとはしない。

彼の対応に、ジェミールは態度を軟化させる。

「その徹底した態度を教えたのは、陛下か」

「はっ。舞踏会の警護に当たる前に、注意事項として全兵士に周知されております」

「いい心がけだ」

ジェミールは鷹揚に頷いている。

今知ったからいいが、教えられないままで一人、困った事態になった時はどうするのだ。警備の人に声をかけてもみんなに無視されると、フィディアは悲しい気分になるような気がする。

いい心がけと言われても、少々納得いかない。

背後にかばわれた状態から、エスコートの位置にジェミールが動く。

「仕方がない。行こうか。嫌なことは早く終わらせるということだな」

「……」

返事ができない。

王への挨拶に興味がなくても、嫌なわけではない。食卓のニンジンやピーマンのような扱いを王にするのは不敬だ。

曖昧に微笑むに留めるフィディアの心境を、ジェミール以外の人間はきちんと理解していた。

まだ始まっていない舞踏会場から出て、城の奥に進む。

華やかな彫刻が施された廊下から、落ち着いた色合いの廊下に代わったところで、近衛が重厚なドアをノックする。

「お連れしました」

中から返事らしきものが聞こえると、近衛はすぐにドアの脇に控え頭を下げる。

ほぼ同時に、ドアが中から開けられる。ドアを開けた侍女も、頭を下げてその場に留まっている。

こういう時はこうするという、作法の手引きのようなものがあるのだろうか。

打ち合わせもしていないのに滑らかな動きをする様には見惚れてしまいそうだ。

「ああ。ジェミール。意外と早かったな。もっとごねて近衛を困らせると思っていた」

その時、笑い声が部屋に響いた。

ジェミールはフィディアを連れて入室しながら、不満を言う。

「分かっているなら、挨拶に伺うまで待っていたらどうですか。無駄に近衛を使わないでください」

「始まってから会場でお前がごねたら醜聞(しゅうぶん)になるだろ」

貴族が揃っての舞踏会で、ジェミールが王の呼び出しに難色を示すのはよくない。

だからこそ、まだ入っている人が少ない、早い時間にジェミールを呼んだのだ。舞踏会開始前に、近衛と将軍が話しているのはおかしなことではない。実際、王の警備についてジェミールが指示を出すこともあるのだ。

「呼びに来なければいいだけの話です」

彼は、それを狙っていたのかもしれない。

王とも誰とも挨拶などさせずに、フィディアがジェミールとだけダンスを踊り、帰る。

――舞踏会でエスコートされて、ダンスを踊る。

確かにこれがフィディアの望む全てだが、王を無視するのは許されないだろう。

「始まってからも挨拶に来ないまま、勝手に踊るだろうと思って、今呼んだんだよ」

「ちっ」

舌打ちが聞こえる。王の御前で堂々と舌打ち。

フィディアは恐縮しすぎて、王の顔を見ることもできないというのに。

「番殿」

呼びかけられて顔を上げると、嬉しそうに笑う王と王妃がいた。

遠くで見たことはあったが、近くで見ると圧巻の美形だ。

二人共金髪で綺麗な青い瞳をしている。抜けるような白い肌と立っているだけで絵になる美貌。完璧な二人を前に、フィディアは未熟なカーテシーを披露する。

「このたびは、舞踏会にご招待ありがとうございます。フィディア・カランストンと申します」

ふるふる震えてしまうが、なんとか耐えてゆっくりと膝を折る。

「ふふ。とても可愛らしい方ね。顔をお上げになって」

すぐに声をかけられ、フィディアは背筋を伸ばして立つ。

王妃の優しい微笑みに、気を使ってくださったことが分かった。

本来ならば、数秒頭を下げたままで敬意を表さなければならないのだ。

「せっかく自己紹介してもらって悪いが、私は番殿を名前で呼ぶことはできないんだ。これから親しくなっても番殿と呼ぶので、気を悪くしないでもらいたい」

「親しくはならない」

「はい」

フィディアが返事をする間にジェミールが余計な言葉を差し込むので、彼の言葉に同意したようになってしまったではないか。

しかも、満足げに頷いているし。

慌てて否定しようと口を開こうとするが、

「いい。大丈夫だ。分かっているから、必死でこっちを見ないでもらえるか」

王は手を開いて制止した。

まさかと思いジェミールに視線を向けると、取り繕うような笑顔でこっちを見ている。

王にまで牙をむくのか。番とは獣人にとってどれほど大事な存在なのだろう。

獣人は、番がすることを全て受け入れつつ、周りを警戒している。

フィディアは少し心配になり、ジェミールが握っている手に力を込めた。

不思議そうにこちらを窺うジェミールに、一番可愛く見えるように笑った。

彼からの愛情を感じられて嬉しい。惜しみない愛の言葉は、フィディアに自信を与えてくれる。

獣人の独占欲は生まれつき備わっているものだから、どうしようもないのだろう。でも、そのせいでフィディアが離れていくかもしれないと警戒する気持ちは持ってほしくない。

そうでなくては、ジェミールは心労が多すぎる。

「ジェミール様。ありがとうございます」

大好きです。

気持ちを込めて言えば、ジェミールは照れたようにはにかんだ。

「いい番に出会えたようだな」

陛下が大きく息を吐き出して呟く。

「獣人は番であれば全て受け入れるから、どんな女性が来るか心配していたが――そうだな。魂で結ばれるほどの存在だ。おかしな者のわけがなかったか」

王の言葉が嬉しくて、フィディアは俯いて微笑んだ。

ジェミールが嫌だというなら、他の男性と視線を合わせて話をするのはやめよう。

女友達はいるが、男性の知り合いなんて、父と執事くらいしかいないフィディアには難しいことではない。

男性を視界に全く入れるなというのは無理だが、視線を外して受け答えするくらい、なんてことはない。

縛られて嫌だという人もいるかもしれないが、フィディアには彼の愛を強く感じるだけで、嫌だなんて全く思わない。

ようやく、フィディアはジェミールの独占欲の強さと危うさを理解した。

「ありがとうございます」

視線を合わせないままのフィディアに微笑まれて、王も破顔する。

「ああ。安心したよ」

短い時間の滞在で部屋を出ると、部屋の前で待機していた近衛が頭を下げる。今度は会場まで送ってくれるそうだ。

戻る途中、華やかな廊下の入り口にあるドアを示す。

「休憩室を準備しております。人々の視線に疲れた場合など、ご自由にお使いください」

近衛がカギをジェミールに手渡す。

通常、舞踏会には休憩室がたくさん準備されている。そちらの方が会場に近いのだが、誰でも出入りする休憩室は落ち着かないだろうと、別の部屋を準備してくれたのだ。

ジェミールは渡されたカギを無造作にポケットに突っ込んで頷いた。

「ああ。ありがとう」

ジェミールに頭を下げて、近衛はまた王の警護に戻っていった。


会場に戻ると、先ほどよりも人が増えてきている。

王と話していたのは短い時間だが、往復で思ったより時間が経っていたようだ。

最初に会場に入った時よりももっと多くの視線が集中する。

フィディアは、そんな視線は気にならないと自分に一生懸命言い聞かせて、ジェミールを見上げる。

彼もフィディアが努力していることに気が付いたのか、ふわりと微笑んだ。

「――きゃあ！」

女性の悲鳴が聞こえて驚いてそちらを見ると、両手を口にあてて目を見開いている令嬢がいた。……何人も。

そう、一人ではなく、多くの令嬢が頬を染めて凝視してくる。

ジェミールは悲鳴を聞いて、何か危険はないかと周囲を警戒している。

普段近寄りがたい雰囲気のジェミールが微笑んで、今数人の令嬢の心を虜にしたなど
と、当の本人は知る由もない。フィディアとしては、内心穏やかではない。

ジェミールが、フィディアが着飾った姿を他の男性に見せたくないという気持ちが、
少しだけ分かったような気がした。

それから間もなくして王が登場し、舞踏会が始まった。

通常であれば王の隣にはジェミールが立ち、舞踏会の間中、警護を務める。しかし、今回、
王の周りには三人の近衛が配置され、警護を任されている。

すぐにダンスが始まるかと思いきや、フィディアは王の方へ誘導された。

「フィディア、ダンスの前に王への挨拶だ」

さっきしたばかりなのに。

別室でしたので、この場ではしないものと思っていた。余計人目にさらされ、ジェミー
ルにふさわしくないと揶揄されそうで、フィディアは少々憂鬱な気分になった。

仕方がない。ジェミールは将軍であり、公爵なのだ。貴族特有の付き合いをしなくて

もいいようにしてくれるといっても、こういう場では形式を守らなければならない。

フィディアは嫌がっていることを周りに気が付かれないように、ゆっくりと深呼吸をして頷く。

「俺のために頑張っているフィディアは、貪りたくなるほど可愛いよ」

人目があってよかった。いや、悪いのか？

若干、舞踏会が終わった後が怖いような気がする発言を聞き流して、フィディアは歩き始める。

先ほどまでと違い、ジェミールは機嫌よく王の前に立つ。

やっぱり多くの貴族に注目をされながら挨拶をするのは避けられないかと、フィディアはカーテシーを披露する。

卑下する気持ちがあるせいか、カーテシーをしたフィディアに周囲から失笑が漏れたような気がする。

ジェミールを見上げると、彼女を褒めるように目が細められる。彼の笑顔に励まされ、フィディアも笑みを返した。

「二人共。今日はよく来てくれた」

王が周囲に聞こえるようにゆっくりと話す。

控室での彼とは全く違う話し方と表情で、ジェミールとフィディアを眺め、一人頷く。

「皆にもいい知らせを伝えよう！　このたび、アンドロスタイン公爵はカランストン男爵令嬢を番として迎えることができた。この喜ばしい奇跡に乾杯を！」

ざわっと空気が揺れる。

王と一緒に喜んでいる声と、反する声が共にあがる。

フィディアが番であるということは噂で流れていたが、こうして王からの正式発表で彼女の地位は確立される。

今まで感じていたものよりずっと強く鋭い視線が、フィディアに刺さる。

これまで注目されたことなどない彼女には、この緊張から逃れるすべが分からない。

指一本、動かすこともできないフィディアの頬に、柔らかなものが触れる。

ぱちりと目を瞬いて横を見れば、驚くほど近距離に、ジェミールの顔があった。

わあっと、今度こそ悲鳴のような声があがった。

「こんな場でお前は……誓いのキスを頼んではいないのだがな」

王の呆れを隠さない声に、フィディアは何があったか悟った。

「ジェ……ジェミール……！」

唇が触れた頬を押さえ、パニックになったフィディアは、ジェミールを咎めようと彼の名を呼んだ。怒っているので呼び捨てだ。

「フィディア」

名前を呼ばれたジェミールは、呼び捨てに喜んで満面の笑みを浮かべる。

フィディアは、こんな場で彼を呼び捨てにしてしまったことや恥ずかしさで頭の中が沸騰して、周りを窺う余裕なんてない。

ジェミールは明確な抵抗がないため、好き勝手にフィディアを抱きしめ、彼女の頭に頬ずりをする。

王は二人と、唖然とした周囲を見比べ、肩をすくめた。

「二人は正式に婚姻を結び、結婚披露パーティは三カ月後だ。なんとも慌ただしいが、見て分かるように、待てなかったようだな」

あけすけな言葉に、咎めるように王妃が王の腕を叩く。しかし、その表情も笑みを含んでいて、公爵夫妻となる二人を微笑ましく思っていることが分かる。

王は王妃と視線を合わせ、もう一度会場の参加者を見回す。

「祝福を！」

今度こそ、祝福の声があがった。

タイミングよく、音楽が奏でられる。

ジェミールは王に一礼して、フィディアの腕を引いて会場中央へ進み出る。

そこでフィディアは、これからダンスが始まるのだと気が付く。

パニックのすぐ後に、またもや大きな緊張が襲ってきて、体がこわばる。

そんな彼女を見て、もう何をしても愛おしいとジェミールは微笑み、フィディアの体を引き寄せた。

ぎくしゃくとした動きしかできないフィディアを、ジェミールはふわりと回転させる。

ステップを踏みながら、フィディアを右へ左へと揺らし、音楽に合わせて踊る。

可もなく不可もなくと認識していたダンスの腕前は、本番になると思った通り動かない。しかし、ステップを間違えても、動けなくても、ジェミールは華麗にフィディアを舞わせる。体を引き寄せ、浮いたような状態でくるりと軽やかに回転させるのだ。

そうするうちに、周りも段々とダンスホールに足を踏み入れ、踊り始める。

フィディアも、ようやくダンスが楽しいと思えるようになった。

緊張で青白かったフィディアの頬に、興奮のために赤みが差す。

ジェミールは彼女だけをうっとりと見ながら、ゆっくりと踊った。

一曲が終わると、フィディアは少々息切れをしていた。

緊張していたこともあるが、ダンスは重労働なのだ。

二曲三曲と踊っている令嬢の体力に驚かされる。

「少し休憩しようか」

フィディア一人だと、こうも滑らかに移動できないだろう。ジェミールはするすると踊る人たちの間を抜け、上手に会場の隅へとフィディアを連れていく。そして、いくつか設置されている椅子の一つに座らせてくれた。

合図をすると、飲み物をトレーにいくつものせた使用人がすぐにやってくる。

ジェミールはその中から二つ取って、フィディアに一つ渡してくれる。

細長いグラスに、炭酸水と果物が浮いている。

「ありがとう」

喉が渇いていたのもあって、フィディアはくいっと飲んだ。

「あ、フィディア」

しまったというようなジェミールの声と共に、クラリと目が回る。

「炭酸水……かと思いました」

「そうか。すまない。わざわざ断りを入れなければ、通常アルコール入りが出てくるんだ」

ここには、デビューした大人しかいない。

お酒はほとんど飲んだことがないものの、デビューする前、両親に少し飲ませてもらったから、通常だったら問題ないはずだった。

「そんなに強くないもののはずだが……気分は悪くないか？」

ジェミールがフィディアの前に座って顔を覗き込んでくる。

「気分は悪くないけど……くらくらします」

朝から準備で慌ただしく、会場に着けば緊張の連続。待望のダンスを踊って疲れた後に、アルコール。

あまりお腹の中にものを入れていないせいもあるだろう。そこまでの量を飲んでいないはずなのに、ふわんふわんと世界が揺れているような感じがする。

揺れが面白くなってきて、フィディアはジェミールを見て笑う。

「――よし。休憩室に行こう」

フィディアが笑ったのを見た途端、ジェミールは休憩室行きを決める。

フィディアにも否やはない。

初めての舞踏会、やりたいことは全てやって満足だ。

立ち上がったフィディアの腰を抱いて、ジェミールは会場から出て、準備してもらっていた休憩室へ向かった。

立ち上がってから、揺れがひどくなり、ふらふらしてしまうが、ジェミールがしっかりと支えてくれるので、フィディアは遠慮なく寄りかからせてもらった。ほぼ運んでもらったようなものだ。

休憩室として準備してもらった部屋は、思ったよりも広かった。

大きなベッドが真ん中に設置してあり、手前にはテーブルとソファー、端には小さいが洗面台まである。

フィディアはふらふらしながらベッドまで行き、倒れ込んだ。

「フィディア！　辛いのか？」

ジェミールが慌ててフィディアの背中を撫でながら顔を覗き込んでくる。

「いいえー。気持ちいいです」

とても素敵な一日だった。綺麗なドレスを着て、ジェミールにエスコートをされて、王に祝福までいただいた。ああ、物語のお姫様のような一日。

フィディアの体調に問題がないと分かったのだろう。ジェミールはホッと息を吐いて、彼女の頬にキスをしてから、飲み物を準備するために立ち上がった。

フィディアはぼんやりと彼の動きを眺める。

テーブルに準備されていた水やお菓子を眺め、フィディアのために水をグラスに注いでくれている。

ジェミールの動きは、綺麗だ。銀髪や体躯もそうだが、静かに……そう、オオカミのように動く。

「フィディア。水を持ってきた。起き上がれるか？」

そして、そんな彼が、フィディアに対する時だけ表情が豊かになるのだ。

嬉しそうに微笑んだり、嫌そうに眉間にしわを寄せたり、今のように心配そうに眉を下げたり。

フィディアはくすくすと笑いながら起き上がる。

不思議そうにするジェミールが差し出す水を無視して、彼の首に腕を回して引き寄せる。

「っ、こら、水がこぼれるだろう」

「ふふ。嬉しい」

フィディアは、彼の首筋に頬ずりしながら呟く。

「ジェムは、私を誰にも見せたくないと言うけれど、私は見せびらかしたいみたい」

フィディアはジェミールから少しだけ体を離して、彼の全身を眺める。自然と、彼の愛称を呼ぶことができた。

「この方が、私の旦那様よって。素敵でしょって、自慢したいのかも」

ジェミールが目を見開いてこちらを見ている。

フィディアにだけ豊かな表情を見せてくれることに、優越感を抱いてしまう。自分はなんて性格が悪いんだろう。

「ジェムの隣に立つのは、私だって、言って回りたい」

――だから、彼を見ないで。

ジェミールに見惚れる令嬢に、見せびらかしたい思いと、それに相反する独占欲。

コトンとグラスを置く音が聞こえた。

「フィディア」

低く抑えた声で名前を呼ばれ、そのまま耳に舌をねじ込まれる。

「……っぁ！」

短く漏らした声だけじゃ足りないと、ジェミールの舌が耳の輪郭を這いまわり、時に甘噛みをしてくる。

フィディアはぴくぴくと体を震わせて甘い声をあげるだけ。

抱き寄せる体の熱さに期待して、フィディアの体が潤っていく。

「ん、ん、ジェム。気持ちいい……。もっと」

ジェミールの体に腕を回して、自分の体を押し付ける。もっと気持ちいいことを知っている。もっとしてほしい。

「ああ、フィディア……！」

ぎゅっと、一度だけ苦しいほど抱きしめられ、彼の唇が、耳から首筋、胸へと下りていく。

酔っているせいか恥ずかしいという気持ちがなくなり、フィディアは積極的にジェミールを求める。

胸元の布を自分で押し下げて、すでにもどかしさすら覚えて中心が立ち上がった胸をあらわにする。

「ジェム。もっとして」

焦らさないでほしい。体の熱がどんどん上がって、欲しくて欲しくて、フィディアは体をくねらせる。

ジェミールは荒い息を吐きながら、無言でフィディアの胸へ吸い付く。

「んんっ……！　あ、あぁ、ジェム、気持ちいい。きもちいいよぉ」

先端をちゅうっと吸い上げられたかと思えば、舌で転がされ、甘噛みされる。

フィディアは彼の頭を抱きしめて、頬ずりをする。

そこには、ぴくぴく動く耳がある。

フィディアが頬ずりすると、ぴくぴくっと痙攣（けいれん）する。

「は、んッ……ジェム」

フィディアが甘い声で彼の名を呼べば、もっと聞きたいというように、ピンと立った耳がこちらを向く。

ああ、可愛い。

ちらりと、『獣人の特性が現れる部位（尻尾や耳、鱗など）は、決して触れてはならない』という本の一文を思い出した。

だけど、目の前で、ぴくぴくと動くふさふさの耳。視線の先では、尻尾が左右に大きく揺れている。

可愛い。触りたい。――いいよね。番だもの。

フィディアは、そっとジェミールの耳に触れる。

その瞬間、びくっ！　と彼の体がこわばった。

「痛い？」

「……いや、痛くはない」

きっとフィディアが酔っていなければ、きちんと聞けたのだ。触られるのが嫌なのか、大丈夫なのか。

だけど、酔ったフィディアは、痛くなければいいと勝手に思った。

優しく撫でると、耳はピンと立って、びくびくと震えている。

「ふふ」

小さく笑い声をこぼして、そういえばさっき、ジェミールがフィディアの耳を噛んでいたことを思い出す。

胸元の刺激が止んでいることに、目の前の耳に夢中で気が付いていなかった。

フィディアはジェミールの耳に舌を這わせ、噛んだ。

びくりと、ジェミールの体が震える。

ジェミールが震えたことが嬉しくて、フィディアは耳から口を離した。

だけど、口を離した後、彼がなんの反応もしないことに気が付く。さっきまで気持ちよくしてくれていた唇も動きを止めてしまっている。

「ジェム……？」

呼びかけた途端、ジェミールは跳ねるように立ち上がり、フィディアから一歩距離を取った。

その顔は真っ赤で、眉間にしわを寄せて、苦しそうな顔をしていた。

そんな彼を見るのは初めてで、フィディアは呆然と彼を見返す。

はっはっはっと、荒い息を吐く合間に、ジェミールはフィディアから顔を背けて「すまない」と小さく呟いた。

言葉の意味を測りかねている間に、ジェミールはフィディアに背中を向ける。

「時間をくれ」

ジェミールは全身をこわばらせて、早足で部屋を出ていってしまった。

『どの獣人にも共通することだが、獣人の特性が現れる部位（尻尾や耳、鱗など）は、決して触れてはならない。彼らは触れられることを大変嫌がり、場合によっては攻撃されることもある。』

ジェミールがいなくなってから、あの本に書いてあったことを、今更正確に思い出した。

酔った勢いで、なんてことを。

番だから、大丈夫。許されると思った。

それは確かに間違っていなかったのだろう。彼はフィディアを一言も責めることはなく走り去った。怒りに任せてフィディアを害することがないように、一人で苦しむのだ。

あっという間に去っていったジェミールの足音さえ聞こえなくなってから、フィディアは一人涙を流した。

◇

――失態を犯した。醜態をさらした。なんたる体たらく。無様な！

ジェミールは城にある自分の執務室へ全速力で走っていた。

最後の最後でこんなことになるなんて。ジェミールは走りながら情けなくなる。

しかし、泣いている暇はない。フィディアを待たせているのだ。処置を終わらせて、また急ぎ彼女のもとに戻らなければならない。

毎日毎日、フィディアはどんどん可愛くなっていく。

ジェミールへの遠慮が次第になくなっていく様は、嬉しくてたまらない。

今日のドレスを着た彼女の姿は、本当に美しい。何よりジェミールの色だけを纏っていることで、彼の独占欲は満たされた。

ただ、フィディアは他の男に笑顔を向けすぎる。

そんなことをして、他の男がフィディアを愛し、奪おうとしてきたらどうするのだ。

ジェミールが初めてフィディアを見た時、もしも彼女が別の男のものだったとしても、
ジェミールはその男からフィディアを奪っただろう。泣いて嫌がられても、攫って閉じ

込めてしまう。

獣人とはそういうものだ。

フィディアに出会うまでは知らなかった、嫉妬と独占欲。

彼女が心を奪われるもの全てを、この世界から消してしまいたいと思う。

番と会ったばかりの獣人は、この嫉妬心を飼いならすのに苦労すると、他の親族からも聞いていた。

番が許容してくれるならば、うまくいく。番が許容できないところまで独占欲を押し付けてしまえば、相手は逃げようとするだろう。

そうした時、不幸なことが起きるかもしれない。

ジェミールはそれが怖かった。

この国で一番麗しいと思われる王と話して、声をかけられたら、フィディアはどうするだろうと、ずっと不安だった。

もしも、王に見惚れる彼女を見ることがあったら、ジェミールはどうなることかと。

——そんなものは、杞憂だった。

フィディアが王と王妃に向ける視線に敬愛以上のものはない。それは言葉にも態度にも表れていた。

それでも、消せない不安を抱えていることにフィディアは気が付いてくれた。心配そうにジェミールに微笑んだ後、王に視線を全く向けなくなった。

王に挨拶に行くのを嫌がるほどだ。彼女は隠せていたつもりだろうが、フィディアの表情をじっと見ているジェミールが、気が付かないわけがない。『また王様に挨拶しなければならないの？』と文句を言いそうな表情を一瞬したのだ。

笑いだしそうだった。

嫌なら行かないということもできたが、せっかく開いてもらった婚約披露の場。しっかりと、フィディアが公爵であり将軍でもある自分の番だということを知らしめておく。

彼女に害を及ぼしたらどうなるか。

彼女を嘲る言葉を言った相手を、ジェミールは正確に見つけ出していた。しっかりと視線を合わせて牽制すると、途端に相手は顔を青くして口をつぐんだ。

緊張しているままのフィディアの手を引いてダンスを踊る。彼女は、段々と楽しくなってきたのか、頬を紅潮させて笑みを浮かべる。

ああ、だから、そんな表情をこんなに人が大勢いる場所でしてはいけないのに。

一曲踊って満足したようで、後は隅に連れていってもニコニコと笑っていた。

ここで、最初の失態。
フィディアに酒を飲ませてしまった。
無邪気に笑う天使。
その場で襲ってしまいそうだったので、あてがわれた休憩室に向かう。
よく配慮された措置だ。王にしては気が利いている。褒めてやってもいいと思う。
休憩室に連れ込んだけれど、彼女に必要以上に触れるのは我慢する気だった。
誰に聞いても嘘だと言うだろうが、我慢する気だった！
しかし、フィディアが、『見せびらかして私のものだと言いたい』なんて言うから！
フィディアをとろかして、もう帰りたいと言わせようと思った。
今日、結婚が認められた。今日から同室にいることが許される。
初夜だ。
こんな王城の休憩室ですることではない。
いつかはそんな日もくるかもしれないが、今日は違う。
きちんと自宅に帰って、彼女を抱きかかえて部屋まで運び、愛していると伝える。
だから、ここでは結ばれるつもりはなかったのだ！
それが、それが……！　酒を飲んだフィディアがあんなにエロいなんて……!!

『ジェム』と甘えた声で自分を呼ぶ彼女の声が蘇る。いきなり愛称で呼び始めるなんて。頭に血が上るのは仕方がないだろう。

そして、フィディアはジェミールの性感帯である耳に触れた。

ジェミールは耳と尻尾が弱い。性感帯というか、敏感なのだ。獣人はその種特有の部分が非常に敏感だ。弱点ともいえるだろう。

だから、知らない相手から触れられると攻撃されたと思う。友人でも、そういうつもりのない相手から触れられれば気持ち悪いだけ。即、殴りたいところだ。

彼女の舌が、ジェミールの耳を這っていく。

その上、荒い息を吐きながら甘噛みなんてされたら……！

暴発しないわけがない。

思い出して、またジェミール自身がむくむくっと大きくなりかけて、ズボンが濡れていることに気が付き、心がしぼむ。

彼女が同じ屋敷にいるのに、ずっと禁欲生活を強いられていたことも原因の一つだ。

フィディアに触れたくて、ずっと我慢していた。

そんな状態で、フィディアが煽情的に体を押し付けてくる。

まだズボンも脱いでないし、彼女をとろけさせてもいなかった。

なのに、一人でイッた。

噛まれた瞬間、ジェミールはズボンを濡らしてしまったのだ。

彼女は気が付いていない。

だったら、証拠を隠滅(いんめつ)してからまた戻ってくればいい。それから、二人で屋敷に帰るのだ。

ジェミールは、ようやく執務室に辿り着き、ドアを蹴破り着替えを取り出した。

執務室が並ぶこのあたりは、舞踏会が開催されている時は閑散(かんさん)としている。

それをいいことに、ジェミールはドアを閉めるのももどかしくシャワー室へ駆けこむ。

ズボンが変わっていても気が付かれないだろうか。色は同じ黒だから、大丈夫だと思いたい。

典礼用の豪華な服は脱ぎにくい。ズボンを脱ぎ捨て……放置するのはあんまりなので、せっせと洗っておく。

こんな時に、何をやっているんだ。

自分の下半身も洗って、新しい下着を身に着ける。

――よし。

「閣下!? 何をやっているんですか!」

そこに、クインの怒鳴り声が響いた。

驚いて振り返ると、汗だくで肩で息をしている副官が、開け放したドアに寄りかかりながらジェミールを睨み付けていた。

「お前、何をしているんだ」

クインは基本的にジェミールの秘書のような役目が多く、激しい運動をしない。華やかな公開演習などでは、ジェミールの相手を務めもするが、基本は事務仕事だ。体力はあまりない。

だから、クインがこんなに走った上に汗だくになった様子を見ることはほぼない。

ジェミールの言葉に、クインは血走った目を向けてくる。

「こっちの台詞(せりふ)ですよ！　何をやっていたんですか！　大切な番(つがい)の傍にもいないで！」

ジェミールに緊張が走る。

フィディアの傍にいないとクインが知っている。

知って、走ってやってきた。

――その理由は。

「フィディア様が、攫(さら)われました！」

「経緯を」

廊下を歩きながらジェミールは問う。

本当は走っていきたいところだが、疲れ切ったクインがついてこられる最高速度で歩き続ける。

「いくつか目撃情報です。まず、城内から泣きながら出ていく令嬢が目撃されています」

「泣きながら？」

フィディアには、あの部屋で待っておくように伝えた。

泣くようなことはなかったはず…………か？

「あの目立つドレスのおかげで、フィディア嬢だと特定されています。ここで、私に連絡がきました」

泣いていた。

フィディアが泣く理由は、ジェミールにしかない。泣くようなことがなければ、あの休憩室でのんびりしていただろう。

「フィディア嬢は、一人で屋敷に帰ろうとしたようで、馬車置き場へと向かっています。そこで、馬車を使えないかと使用人に尋ねています」

ジェミールは、彼女を抱きしめて……突然、遠ざけた。その後、走って部屋を出たのだ。

「アンドロスタイン公爵家の方だと分かったので、公爵家の馬車をと言えば、閣下が使うものを自分が使うことはできないと固辞されたそうです」

フィディアは、突然、突き放されてどう感じただろうか。

ジェミールが自分のことだけでいっぱいになっていた時、彼女はどんな表情をしていたのか。

ジェミールは思い出せなかった。自分のことしか考えていなかった。

「そこに、衛兵の格好をした男が、自分なら馬車を準備できると言ってきたそうです」

「衛兵だと？」

「厩番（うまやばん）の使用人は不審に思ったものの、衛兵に強くは出られず、フィディア様を送り出したそうです」

通常であれば、そんな男にフィディアはきっとついていかない。

ジェミールか、知っている人間を捜すだろう。

「俺が……」

呟いた言葉は、クインから背中を叩かれて止まる。

「閣下が悪いのは分かっています。フィディア様が泣いたり我を忘れたりするのは、全て閣下のせいです。今はそんな分かり切ったことを反省する時間はありません」

クインが早口でイライラした様子を隠さずに話す。

「厩番（うまやばん）は、そのことを、近くを警護している衛兵に伝えました。衛兵は馬車を追いかけようとしましたが、振り切られ、門も突破されました」

城の門番は、中で事件がない限り外から入ってくるものを警戒している。門の外側に立ち、背を向けた内側から突然走ってきた馬車を止めるのは難しい。

城の中は、先ほどと変わらず明るく、音楽も流れてくる。舞踏会は変わらず続いているようだ。フィディアが攫（さら）われた事実が広まっていないことにホッとする。

きっと、王もクインも知られないように奔走してくれたのだ。

「すでに数人は騎馬で捜索に向かっています。閣下が捜索を始めて三十分経っても見つかった報告がなければ、大規模な捜索に切り替えます」

「分かった」

ジェミールは神妙な面持ちで頷いた。

三十分。その時間が長いのか短いのか分からない。だが、その判断を信じよう。

大々的に捜索すると、後でフィディアに対するあらぬ噂が立つかもしれない。しかし、彼女の命が何よりも大事だ。

最短で外に出ると、そこには軍馬が準備されていた。ジェミールが軍馬に跨（また）がると、クインは腕を組み、睨み上げてくる。

「後日、説教はたっぷりとしますからね」

無事を祈るとも言わず、当然ジェミールがフィディアを連れ帰ることが前提の宣言だった。

フィディアも怒られるかもしれないが、ジェミールはさらに延々と説教されるのだろう。

「覚悟しておく」

ジェミールはため息を吐いて、馬首を巡らせる。

ジェミールは鞍に体重をかけず、腰を浮かせて背を丸め、前傾姿勢で馬を走らせる。馬はあっという間にトップスピードに乗り、駆ける。門を抜け、城下町を駆け抜ける。

ジェミールは全神経を集中させて周囲を窺う。

彼女の香りが風に乗ってこないだろうか。彼女の声を届けてほしい。

「フィディア！」

大声で叫ぶ。

軍馬は大きな音に反応しないようにしつけてある。それでも、ジェミールの切羽詰まった声に体を震わせるので、それを宥めつつ、何度も叫ぶ。

こんな城の近くから叫んでも無駄かもしれない。

すでに、もっと遠くに行ってしまっているに違いない。

けれど、呼ばずにはいられないのだ。

「――――っ！」

聞こえた。彼女の声だ。

こんなに城の近くで？　街を抜けた森の街道へ、もっと先まで向かう気だった。

まだ高位貴族の屋敷が立ち並ぶ住宅街だが、確かに彼女の声が聞こえた。

ジェミールは彼女の声が聞こえた方に馬を向ける。

住宅街真ん中の広場に馬車の停留所がある。そこに、馬車が一台停まっていた。

停留所に馬車が停まっていることなど、当たり前なので誰も気にしない。特に豪華な馬車でもないし、自然に風景に溶け込んでいるから、誰の目にも留まらないだろう。

そこから不自然に女性の泣き声さえ聞こえてこなければ。

ジェミールは走る馬から飛び下りて、その勢いのまま、馬車のドアに体当たりをした。

ドアはジェミールの勢いに負けて、あっさりと金具が外れ、本来開くはずがない内側へ倒れる。

ドアと共に倒れてきたジェミールに目を丸くして見下ろすのは、愛する番。

「フィディア！　怪我は」

泣きじゃくった顔に両手を伸ばし、涙を拭きとる。踏みつけたドアの下から「ぐえ」とヒキガエルのような声が聞こえたが、無視をして彼女を抱き上げた。また、「うおおぇぇ」などという汚い声が聞こえるが、気にすることでもない。

フィディアの様子を見るが、泣いていること以外に外傷はないようだ。体を触っても痛そうにする場所はない。ふわふわの柔らかな髪は、少々乱れているが、それはジェミールの仕業だ。

「だ、だいじょうぶ……です」

フィディアは答えながらも、心配そうにジェミールの顔を覗き込んでくる。

なんだ。とても可愛いことをするじゃないか。

可愛いフィディアの頬にキスをして、馬車を降りた。

「ああ、よかった。心配したよ」

馬車を降りてからも、もちろんしっかりと異常がないかを点検する。

泣いて赤くなった目元が痛々しい。泣いた上にこすってしまったのか、目の下が真っ赤になっている。それ以外はさっき確認したのと同じ。彼女に怪我はなく、ドレスに乱れもない。

これなら犯人は手足をもぐくらいで、八つ裂きにするまではしなくてもいいかもしれない。

「ジェミール様」

フィディアはよほど怖かったのか、ジェミールの服の裾を掴んで、また泣き出してしまった。

……やっぱり八つ裂きかな。

そう思いつつ馬車を振り返ると、倒れたドアの下から、よろよろと衛兵の制服を着た男が立ち上がった。

そして、飛び込んできたものがジェミールだと分かった途端、真っ青な顔で立ち尽くす。

「閣下！」

「問答無用で八つ裂きの予定だが、背後に誰かいるならすぐさま吐け。命乞いはいらない」

フィディアの腰を抱き寄せ、背後にかばった後で、剣を抜く。

模造刀だが、思い切り殴れば骨が砕けるだろう。

相手には刀が本物に見えているはずで、それで充分だ。

「私は何もしていないのです！」

ジェミールが刀をひらめかせると同時に、男が叫んだ。

「馬鹿か」

フィディアを攫って、こうして現行犯で捕まえた。それなのに、何もしていないと叫ぶ男をジェミールは一言で切り捨てる。

「その女が戯言を進言したのでしょう!? 私は、首になるようなことはしていない！」

意味が分からない。

この男は、見つかっておかしくなっているのか。

「私は、警護を任されていた！ 職務を全うしただけだというのに、何故、首にされなければならないんです!? これからもっと出世するはずだったというのに！ 閣下の番でありながら、わざわざみすぼらしい格好で舞踏会に来たその女が悪いのではないですか！」

みすぼらしいという発言で、繋がった。

この男は、以前、舞踏会でフィディアを貶めた男か。しかも、攫って、また今も侮辱を繰り返す。

——死刑でいいな。バラすか。

クインが傍にいれば、ジェミールの表情だけを読み取って「よくありません！」と叫んだだろうが、今は背中にかばったフィディアだけだ。ジェミールの凶悪な表情を見ているのは、この男だけ。

ジェミールの表情を見て、男は息を呑む。

しかし、真っ青な顔をしながらも、フィディアを睨み付ける。

ジェミールの殺気を受けながらのこの気概には、こんな場合でなければ称賛に値したかもしれない。

「お前が、短気を起こさずにあのまま部屋にいればよかったんだ！　お前が帰ると言い張ったから、俺はこんなことをするはめになった！」

自分の立場をきちんと理解せずに勝手なことを喚く男に呆れる。

こいつは、これを訴えたいがためにフィディアを攫ったのか。

あの事件については、クインがしっかりと調べた。

確かに、この男は直接にカランストン男爵を辱めたわけではない。命令の詳細を責任者に聞くために来た、部下である若い衛兵に、自己の判断で適当なことを教えた。あたかもそれが本当のことであるように大声で吹聴した。

あの日は舞踏会だ。

少なくない人間がフィディアを貶める発言を聞いていた。発言をしたのが、その場の警備責任者であったことも、制服から判明している。

対応も慇懃無礼で、相手がカランストン男爵でなければ、その場で即首になってもおかしくなかっただろう。

それでも、本来ならば、首になるほどの処罰を受けるようなことではない。

ジェミールからすれば、フィディアを貶めただけで牢屋行きでいいと思うが、軍規ではそこまでの処分を定めていない。本来ならば、責任者という立場でふさわしくない態度を取ったことを厳重注意の上、数カ月の減給程度のはずだった。

それが首という厳罰になったのは、クイン曰く、「彼が全く反省していない」せいだ。

誰かが自分を陥れようと画策してこんなことになったのだと、大声で喚き散らしたらしい。その上、疑わしいと思われる人物の名前を、次から次へとあげていった。どれも男の同期だったり、上官だったりした。

取り調べはクイン一人がするわけではない。

数人の取り調べ担当がいるし、同僚である衛兵も警備をしている。

男の発言はそれを聞いた全員の気分を害し、このままでは軍の規律が乱れて最悪の事態になると判断したのだ。

それで、上官に対する不敬という理由で、解雇となった。

懲戒解雇ではなかったため、退職金は支払われ、他の仕事も探せるはずだった。

解雇したと聞いた時、クインにしては随分厳罰にしたのだなと思った。

クインは疲れたように、「彼は、自分が被害者だと考えているようなのですよ」と言っていた。そんな馬鹿なと笑ったことはまだ記憶に新しい。

愚かだと鼻で笑っていた男が、今目の前で目を血走らせてこちらを睨んでいる。

「フィディアは処分に何も関与していない。お前の解雇は、軍規に照らして適切に決定された公式な決定だ。今更取り消しはない」

「嘘だ！」

あまりに騒いだからか、馬の足音がばらばらと近づいてきている。ジェミールより先に捜索に出ていた衛兵たちだろう。

「お前は、俺に謝るべきだ！　泣いて許しを請うべきだ！　そして、今までの対応を反省して、俺を隊長にしなければならないんだ！」

フィディアに言いたいのか、ジェミールに言いたいのか。男にとっては、もうどちらでもいいのだろう。

男の耳にも、ようやく馬の足音が聞こえたようだ。

ぶるぶると震えながら、やってくる一団を眺めている。

「――お前は、アーダム！」

衛兵の中の一人が男の顔を見て叫んだ。

ジェミールが視線をやると、心得たように頷いて、すぐさま捕縛に動いた。

「俺を捕まえるのですか！　どうして！　俺が何をしたって言うんだ！」

男の名前を知っていた衛兵には反射的に丁寧な言葉を発していたから、直属の上司だったのかもしれない。ジェミールはフィディアを振り向いて、まだ涙を浮かべている顔を覗き込む。

「フィディア、何をされた？　ああ、辛いことは言わなくていい。いや、そうしないと罪に問えないし。でもフィディアを泣かせたくない」

こういう時はどうしたらいいんだ。

ジェミールがよほど困って見えたのか、普段は声をかけてくることなどない衛兵たちが、気遣ってくれる。

「こちらの処理はお任せください。閣下は奥様を連れてどうぞお帰りください」

帰ると聞いて、フィディアが少しだけ反応した。

そうか、こんなに恐ろしい目に遭ったのだ。帰って落ち着きたいに違いない。

幸いここから公爵邸は近い。抱き上げたまま歩くことにした。ジェミールがフィディアを抱えると、先ほど乗り捨てた馬が戻ってきたが、衛兵たちが厩舎（きゅうしゃ）に戻してくれるという。

「感謝する。では、後は任せた」

「はっ！」

衛兵たちの声を背中に聞きながら、何故か不安げにジェミールの顔色を窺っているフィディアを抱えて屋敷に戻った。

ジェミールが怒って休憩室から出ていってしまってから、フィディアはすぐに立ち上がった。

こんなところで泣いている場合ではない。

彼は、もうフィディアに会いたくないかもしれない。そう考えて、胸が張り裂けそうなほど痛む。

辛くて悲しいけど、きっと、今夜くらいはフィディアと距離を置きたいだろう。

これ以上手間をかけさせるわけにはいかない。

フィディアは城を出て、馬車置き場へと向かった。

そこには、絢爛豪華な馬車が何台も並んでいる。

今日は両親も舞踏会に招待されていた。カランストン男爵家の馬車で、両親が滞在しているアンドロスタイン公爵家の別邸に行こう。申しわけないが、男爵家の馬車は、フィディアを送り届けてから、また城に戻ってもらうようお願いするしかない。

そう思って厩番にお願いすると、カランストン男爵家は公爵家の馬車でやってきているらしい。両親にとっては至れり尽くせりだ。

ジェミールから離れるのに、アンドロスタイン公爵家にまた手間をかけさせるわけにはいかない。どうしようと悩んでいたら、

「馬車を探しているのか。こっちにある。来い」

突然、厩舎の陰から飛び出してきた男が言った。

言葉遣いもひどいし、突然現れたので驚かされたけれど、彼は衛兵の格好をしていた。それだけで、気が動転していたフィディアは不審な男を信じた。

警備といえども、訓練を必要とする軍に所属するには珍しい小太りな男性。どこかで会ったことがあるような気がするが、今はそんなことに気を回せる心の余裕がない。

厩番は心配してくれたけれど、もうここからいなくなりたい。

愛する人を傷つけて、嫌われてしまったかもしれない事実から逃げたかった。

だからフィディアは、すぐ乗れる馬車が欲しかった。

ふらふらとついていった先には、辻馬車のような質素で目立たない馬車が停まっていた。

これなら、目立たずに移動できる。

ホッと息を吐いて乗り込むと、男の独り言が聞こえた。

「御者がいない！　俺がするのか!?　じゃあ、話は止まってからか？」

ぶつぶつ言いながら、馬車は走り始める。

この時点で、フィディアは行きたい場所も、自分の名前さえ言っていないのだが、その事実に彼女は気が付いていない。

ぼんやりして、ジェミールを思い出して泣いていたというのを繰り返していたら、馬車が停まった。

もう着いたのかと思っていると、男が突然、馬車に乗り込んできたのだ。

ここで、ようやくフィディアは恐怖心を抱いた。よく知らない男と一緒に馬車に乗ったのは、間違いだったのではないか？

あんまりにぼんやりしすぎた。

「ちょっと、話をしようぜ」

狭い車内にぐいっと入ってきた男に、フィディアは悲鳴をあげた。

「いやっ……！」

「叫ぶな！　いいか、俺はお前に話がある。お前は、俺に謝らなければならない」

突然、馬車の中に押し入ってきた男に謝れと言われてもわけが分からない。

「何にですかっ……⁉」

恐怖から、フィディアは甲高い声が出てしまう。

それも男には不快なようで、大きく舌打ちをされた。

衛兵の格好をしているが、こんな粗野な行動をするということは衛兵ではないようだ。

いつ男が暴力をふるってきてもおかしくない状況に、フィディアは我に返る。

こんなことになるなんて。

もしも、ここでフィディアが怪我をしたり、最悪、行方不明になったりしてしまったら、ジェミールは悲しむだろう。嫌がるのを承知で耳を触ったフィディアを責めることもしなかった優しい彼なら、フィディアを一人にしたことを悔やむかもしれない。

フィディアは、ただ、ジェミールに嫌われたくないだけだったのに。

男がフィディアににじり寄り話し始める。

「いいか、お前は俺の人生を台無しにした。心から謝罪し、慰謝料を――」

きちんと聞こうとしても、意味がよく分からない。

そもそも、彼は誰なのか。人生を台無しにするほどの付き合いがあったとは記憶していない。

「聞いているのか！」

震えるフィディアに掴みかかろうと、男が手を伸ばした時――

馬車の扉と共に、ジェミールが馬車に飛び込んできた。

ドアを蹴破ったらしいジェミールは、フィディアと目が合うと、安心したように笑みを浮かべた。心配したと言っている彼に怒っている様子はない。

フィディアは、彼が何かを我慢しているのではないかと、じっくりジェミールの顔を窺う。

だけど、ジェミールはじっと自分を見つめるフィディアと視線が合うと、恥ずかしそうに、嬉しそうに笑うだけだ。

でも、きっと、我慢しているはずだ。

今は、フィディアが怖い目に遭ったから優しくしてくれているだけで、落ち着いたと分かれば、すぐに離れていってしまうのかもしれない。

駆けつけてきた人たちに喚く男を託して、ジェミールはフィディアを抱き上げた。

嫌がられるのではないかと思いながら、フィディアはジェミールの首に腕を回して強く抱き付いてみる。

そうして再び彼の表情を窺う。

やはり怒っている様子はない。どちらかといえば、嬉しそうだ。

「どうしたの？　どうして今日はそんなに可愛いことばかりするの」

可愛いこと……をした覚えがない。

「ジェミール様、怒ってはいないのですか？」

「怒る？　あの、フィディアを攫った男に？　怒ってるよ。滅茶苦茶。死ぬ以上に辛い目に遭わせてやろうと思っているな」

言いながら、にこにこしている。

ただ少しだけ悲しそうに、「さっきのように愛称で呼んでほしい」と言うから、怒らせている間にいいのかと思いながら、彼を愛称で呼ぶことにした。

ジェミールは軽々とフィディアを抱き上げて歩いている。ジェミールが歩き始めてから気が付いたが、ここは公爵家から近い。ジェミールはフィディアを抱えて歩いて帰ることにしたようだ。

「自分で歩けるよ」

申しわけなさから、そう進言しても取りあってくれない。

思い返せばジェミールはそういう人だった。出会った最初からフィディアに甘くて、何よりもフィディアを尊重してくれた。

そんな人を傷つけたのだと思うと、フィディアは申しわけない気持ちでジェミールに力いっぱい抱き付いた。

「フィディア？」

頭上から不思議そうな声が降ってくる。フィディアはジェミールの首筋に顔をうずめてゆっくり目を閉じた。

「ごめんなさい」

潔く謝ろう。

こんなにも優しい彼に、それくらいしか誠意を見せる方法がない。

「ああ、そうだな。もう、こんな危険なことはしてはいけない」

「それは……はい」

謝ったこととは別のことで叱られて、一応返事はするが、そんなつもりではなかった。

ただ、確かにジェミールになんの断りもなく立ち去ったのは軽率だった。公爵夫人になるからには、これからはもっと気を付けなければならない。

「他に何かあるのか？」

フィディアの声が曖昧だったからか、ジェミールが聞いてくる。

あるに決まっている。

こんな事態を起こすに至った、フィディアがしでかしたことだ。

「耳を……触りました」

噛んでしまったとは口にできなかった。こんな時に、少しでも言葉を濁したいと思う
自分のずるさに、フィディアは唇を噛みしめた。

「ん？」

ジェミールが首を傾げる。頭の上では、耳がぴくぴくと動いている。……可愛い。

「耳を触りたくって……。ジェムが嫌がることを知っていたのに。ごめんなさい」

「ん……？　別に嫌がらないが」

「え……？」

フィディアは顔を上げて、ジェミールの顔を覗き込む。

ジェミールはおかしそうに笑っているが、フィディアは意味が分からない。

だって、あんなに怒ったではないか。

「だったら、私が今から触ったらどうするの？」

本当は嫌なのに我慢しているだろうジェミールの気持ちを思うと、胸が苦しくなってくる。嫌なことも嫌だと言えないような関係では、この先二人でいられない。

「ああ……今か？　まあ……屋敷も近いし、いいぞ」

迷うように言いながら、最終的には許可を出す彼の優しさに悲しくなってくる。

「ダメならダメって言ったらいいのに！」

また目に涙をためてフィディアが怒る。

なんでも言い合える仲になりたいと思うのは厚かましいのだろうか。

――と落ち込んでいると、するりとジェミールがフィディアの耳を触る。

「――っ、ひゃっ⁉」

思ってもみない刺激に、フィディアの体がびくんと揺れる。それを無視して、彼の手はそのまま首筋を辿って胸へと到達する。彼は、片手でフィディアを抱き上げたまま、胸を揉む。

「なになに！　なんで急に！　こんな外で！」

夜なので人影は見当たらない。

しかし、街中でそんなことをされると思っていなかったフィディアは、大慌てでジェミールの手を押さえ込んだ。

ジェミールは困ったようにフィディアを見て、得心顔で頷いた。

「そういえば、フィディアは獣人の性質を詳しく知らないんだったな」

言葉を探すようにジェミールは暗闇に視線を投げる。

その反応に、フィディアは彼の行動の理由が分かってしまった。

「私が、触ったから、仕返し？」

どこであろうと、フィディアはジェミールに触れられると嬉しいという気持ちが湧き上がる。

外ではさすがに恥ずかしいが、それでも、嬉しいと思ってしまう。

なのに、そういう行為を、彼は仕返しという理由でやってしまうのだ。

「仕返しというと、悪意があるように感じられるな。フィディアがそのつもりかと思ったんだ。……勘違いだったことが分かった」

「勘違い？」

「部屋できちんと説明するから、待ってくれ」

いつの間にか、公爵家の屋敷は目の前だった。

暗闇の中でも白い綺麗な外観は、いくつかの松明(たいまつ)に照らされて、その姿を浮かび上がらせている。お城よりも綺麗だと、フィディアは思った。

門のところで、警備の人間が歩いて戻ってきた主人を見て驚いていた。ジェミールが「愛する妻との散歩を楽しんだ」といえば、すぐに納得したようで微笑んで見送られた。

途中、すれ違った使用人に軽食とお風呂の準備を指示しているジェミールをぼんやりと見ていた。

フィディアは、まだ「愛する妻」と言ってもらえている。彼を見上げて胸にすり寄ると、嬉しそうにジェミールの目が細まった。

……全然嫌がられていない。

「ジェム、怒ってないの？」

「怒ってないよ」

ジェミールはくすくすと笑いながらフィディアのこめかみに軽くキスを落とす。

それから器用にドアを開けて、スタスタと自室に入っていく。

フィディアは、ずっとこの違和感について考えていた。母が、自分のことを「思い込んだら、それを疑いもしない」と評していた。

何か思い込むようなことをしただろうか。

フィディアが酔っ払ってジェミールの耳を触ってしまったことは事実だ。獣人が耳を触られることを嫌うことも、本で見たのだから事実。

だったら……ジェミールが怒ったのは？

怒ったように見えていたけれど、実はそうではなかったら……

「さて、フィディア？　勝手に体を触られるのは、誰だって戸惑うものだろう？　相手の体に触れていいのは、パートナーだけだ」

フィディアをベッドに座らせ、彼もその隣に座る。ジェミールは何かの説明を始めるように話しながら、彼女のこめかみから耳へと唇を動かしていく。

「んっ……でも、耳は、嫌だった？」

「嫌じゃないな。人目がなければ、もっと触ってほしいくらいだ」

予想していたものと違う返事に、目を瞬(しばた)かせる。フィディアを愛おしそうに撫でながら、ジェミールは彼女のいたる場所にキスを落としていく。

「番(つがい)にされて嫌なことなんて、何一つない。フィディアが触りたいなら、触ればいい」

「怒って……部屋を出ていってしまったのに」

あの時は寂しかったと言ってもいいのだろうか。あんな風に置いていかれて、悲しかったと彼を責めたい。

ジェミールは、フィディアが言いたいことを正確に読み取ったようで、申しわけなさそうな情けない表情になった。

「ああ、悪かった……。男には、どうしようもない時があるんだよ」

「それが、あの時？」

どうしようもないことがあったようには思えない。

やっぱり誤魔化されているような気がして、むくれる。

「噛まれた瞬間に、達したんだ」

フィディアが分かっていないことを悟って、ジェミールは端的に伝える。

フィディアは目をぱちぱちさせた後、徐々に意味を理解して、段々と赤くなっていく。

それはそれでジェミールには嬉しかったようで、キスの量が増える。

「しかも、さらに舐められたら、もっとイキそうで。ズボンにまで染みてきたらまずいし、フィディアに、アレが出たからズボンだけ脱ぎたいなんて格好悪くて言えないし、急いで着替えてくるっていう選択肢しかなかったんだ」

赤い頬に舌を這わせながら、ジェミールは上機嫌で恥ずかしいことを暴露していく。

しかし、どういうわけか、恥ずかしがっているのは彼ではなく、フィディアだ。

ジェミールは手早くフィディアのドレスを脱がしながら、説明をする。

「獣人にとって、耳や尻尾は、性感帯なんだ」

脱がされたドレスがしわにならないか、フィディアが心配そうに見ると、ジェミールは苦笑しながら丁寧にソファーに広げておいてくれた。

「フィディアだって、耳は気持ちよくなるだろう？　ほら、お尻だって」

耳に舌を這わせながら、彼の手がお尻を撫で上げる。

快感を知ってしまっているフィディアの体は、素直に反応して、もっと触ってほしくなる。

「そんな場所を、夫や恋人以外に触らせるか？」

言いながらそういう場面を想像したのか、ジェミールの瞳がギラリと剣呑な光を帯びる。

耳や、特にお尻など、家族にだって触らせない。他人の手を突然握っただけでも失礼な行為と言われるのだ。フィディアは当然、首を横に振る。

「獣人の体が珍しいのか、見世物のように触りたがるやつはいるが、敏感な場所を勝手に触ってくるやつは敵だと認識する」

ジェミールは、王に触りたいと言われたことがあるらしい。心底気持ち悪いと、触られるくらいなら職を辞すと言うと、王も諦めてくれたそうだ。

それほどの場所を触ることができるのは、唯一、番のみ。

「フィディアにだったら、触れられたいし、触れたい」

説明は終わりと言わんばかりに、唇が触れ合い、舌が潜り込んで深く探り合う。

すでにフィディアは一糸纏わぬ姿にされて、ジェミールの手が体中を這いまわっている。

「ジェム……！」

素肌に触れるものが彼の素肌でないのが嫌で、フィディアはジェミールの服に手をかける。

「脱がしてくれるの？」

愉悦の混じった声で、彼はフィディアの耳の傍で囁く。

飾りのついたボタンはごつごつとしていて、力が入らないフィディアが外すのは一苦労だ。

しかも、ジェミールは服を脱ぐのはフィディアに任せて、自分は彼女の体を撫でまわすのに忙しい。背中も腕も、彼に触られる場所は、全て敏感になって、震える。

お尻を強く揉まれると、かすかな水音がした。フィディアに聞こえるほどだ。耳がいいジェミールに、はっきりと届いたことだろう。自分がすでにいかに濡れているかを見せつけられている気分で、羞恥が込み上げる。

ジェミールは水音が響くことが気に入ったようで、お尻をこね回すように揉んでくる。

そのたびに、くちくちと小さな水音がするのだ。けれど、蜜が溢れる場所には触れずに、音だけを楽しんでいる。

「ん……もおっ！　やあ……っ、ジェム！」

触れてほしい場所には触れてくれないのに、体中を撫でまわす彼に焦れる。早く脱いでと襟(えり)を引っ張るが、彼はにこにこ笑いながらフィディアが脱がすのを待っている。体がうずいて、早く彼に触れたい。この服が邪魔なのに、ジェミールはフィディアに脱がしてもらうのを待っているのだ。

フィディアはジェミールを睨み付けて、シーツを引き寄せて体に巻く。明かりも消していない部屋で、フィディアばかり裸で、ジェミールはずるい。

明かりを消そうかとランプに目をやって、ジェミールを見る。

彼の髪も耳も尻尾も、光を反射してキラキラ輝いている。自分が見られるのは恥ずかしいが、ジェミールのことは明るい場所でよく見たい。

フィディアが悩んでいる姿を、ジェミールはゆったりと眺めながら機嫌よく尻尾を振っている。

――よし。服を脱がして、よく見た後に明かりを消そう。

フィディアは明かりを消さずに、もう一度ジェミールのボタンに取り掛かる。

ようやく、上着のボタンを全て外して、ため息を吐く。疲れた。

「これはボタンが多すぎるか」

言いながら、小さなボタンがたくさんついているシャツについては、ジェミールが自分で外していってくれる。

フィディアがズボンを見ると、見るだけで分かるほど、大きく膨らんでいる。

思わず顔を赤らめて、上目遣いでジェミールを見るととても嬉しそうだ。

上着とシャツのボタンが全て外され、服の間から見える彼の逞(たくま)しい胸にフィディアは顔をうずめる。

「フィディア？　まだ残っているだろう。ズボンも早く脱がして」

ジェミールは言いながら、フィディアを抱きしめてくれる。

おずおずとズボンに手をかけると、大きく張り詰めたものが邪魔をして、ズボンの金具さえ外しにくい。

「うう。ちょっと小さくして」

「は……ぁ。フィディアが俺に触れているのに？　何度出した後でも無理かもしれない」

……それは怖いような気がする。

「フィディアに俺も触れたい。早く」

少しかすれた声で甘えたようなことを言うから、フィディアの体の奥がうずく。

ズボンの上から彼に触れて、撫でながら、少し押さえつける。これで、金具が外しやすく……

「なんでまた大きくなるの!?」

「フィディアがこするから」

フィディアが悪いように言われても、納得がいかない。

「もう、無理。ね、脱いで」

彼自身が張り詰めすぎて、ズボンが浮き上がるほどになっている。そんな状態なのに押さえつけて、固い金具を外すなんて、フィディアの握力では難しい。

それよりも、目の前の魅力的な胸板に抱き付き、頬ずりすることを選んだ。滑らかな肌が、気持ちいい。

「そうか、この金具は固くて無理か」

ジェミールが言って、自分で金具に手をかけた。

フィディアは、胸元に軽くキスをしながら、さっきから誘うように振られている尻尾を根元から撫で上げる。ふわふわで気持ちいい。

「――っ！」

びくんと震えたジェミールが、急に弛緩してフィディアを強く抱きしめる。

「え？　重いっ。ジェム？」

「……さっき言ったのに」

すねたような呟きが聞こえた。彼のそんな声を聞くのは初めてで驚いていると、次の瞬間にはベッドに仰向けにされていた。

体に巻いたシーツは取られてベッドの下に落ちてしまっている。

荒い息を吐きながら、ジェミールはあっという間に服を脱ぎ捨て、フィディアに覆いかぶさってくる。

「そういうことをするとどうなるか、分からせないとな」

目を細めてフィディアを見る彼は、瞳に獰猛な光を宿しながら、ゆっくりと舌なめずりする。

フィディアは、ベッドに仰向けになったまま、彼をうっとりと眺めた。

軍服を着ている彼は、その美しい容姿のせいで、細身に見える。顔が小さく手足が長いせいで、遠目に見ている時は、こんなに大きな人だとは思っていなかった。近づいて抱き付けば、思った以上にがっしりしていることに気が付くが、そんなことを知るのは、自分一人でいいと思う。

欲望をたぎらせてフィディアの上にいる彼は、しなやかな筋肉に包まれた、戦う人の体だ。今は荒く息を吐いているから、分厚い胸筋が上下に揺れ、艶めかしい。

　そして、腹筋から下は……

「――――っ!!」

　彼の欲望の中心をしっかりと視界に入れてしまって、フィディアは思い切り目をそらす。

　見たのは一瞬だけだったが、しっかりと脳裏に焼き付くほど凶暴なそれは、ぬらりと光って見えた。

　そうして、自分も今全裸で、ジェミールの視線にさらされていることに気が付く。

　シーツを体に巻き付けたまま、自分だけがジェミールを鑑賞するつもりだったが、そんなことはできないことを今更知る。

「あ、明かりを……!」

　フィディアは真っ赤な顔でランプに手を伸ばす。しかし、その手はジェミールに阻まれてしまう。

「俺は、暗くても見えるが……俺を見て赤く染まるフィディアもいい」

　何を言われたのかフィディアが理解する前に、荒々しく口づけられて、舌を吸われる。

けてしまう。

息をするのも忘れるほど、急に深いキスをされてフィディアはあっという間に体が溶
「んっ、んっ……」

フィディアが必死で応えようと、彼の首に腕を回すと、次は優しく歯列を舐められる。

歯を舐められるだけで気持ちがいいなんて、知らなかった。

フィディアもジェミールを気持ちよくしようと、舌を伸ばして彼の唇を舐めると、その舌に噛みつかれた。

「フィディア。可愛い。俺に触りたい？」

優しく囁（ささや）かれながら、頬を撫でられる。

いつの間にか閉じていた目を開けると、目の前には微笑むジェミールがいた。彼の目にはフィディアだけしか映っていない。彼がこうして微笑むのもフィディアにだけ。

彼の笑顔が、フィディアを自然に高ぶらせていく。

「うん……もっと。もっと」

フィディアは、小さな舌を伸ばして、彼にキスをねだる。

ぐうぅとジェミールからうなり声が聞こえる。

「……淫（みだ）らなフィディアは危険だな」

キスをされながら、両胸を手で覆われその先端がつままれる。引っ張ったり押し込まれたり。痛みを感じてもおかしくないはずなのに、背筋がぞわぞわして、もどかしくなるような感覚が湧き上がる。

「ふ……んんぅ。やあん。ジェム」

優しいキスと、胸をいじられるだけじゃ足りない。

フィディアは体をくねらせて、彼の体に押し付ける。

しかし、彼は宥めるようにフィディアの腰を撫でて、ゆっくりとキスを繰り返す。

「やあ、もっと。ジェム。奥がいいの」

「くっ……フィディア、お前はまだ二回目だから……」

そう言いながらも、ジェミールの指が、フィディアの潤んだ場所に触れる。柔らかく潤んだその場所は、早く欲しいとうねって彼の長い指を呑み込んでいく。

潤んで欲しがっていたけれど、慣れていないため、やはりフィディアは圧迫感を抱く。

それでも、彼が触れてくれていることが嬉しい。

ねだっていい。欲しがってもいいと分かったフィディアは、ジェミールの頭を抱きしめ、気持ちいいと囁く。

「――くそっ！　でも、お前を傷つけるわけにはいかないから、まだだ！」

上半身を起こして、何かを振り払うように顔を振ったジェミールは、フィディアの両足を掴み広げさせる。

フィディアの秘められた場所は、真っ赤に色づき、中心はパクパクと口を開けている。

「なんていやらしい」

ジェミールはじっくりとその場所を見て、ごくりとつばを呑み込んだ。

フィディアは快感に潤んだ表情のまま、ジェミールに両手を伸ばす。

「そんなに見ないで！　いっぱい濡れちゃってるから恥ずかしい！」

ジェミールは、また達しそうになって、体中に力を入れてやり過ごした。フィディアは絶妙にいやらしいことを口にする。

「俺のせいか。そうか。責任取って、舐めとってやろうな」

大きく足を開かせて、その中心に頭をうずめる。

「ジェム、ジェム。ジェムっ……！」

フィディアはもう、うわごとのように彼の名前を呼ぶことしかできない。

ジェミールの柔らかな舌が、蕾を押しつぶすように舐め上げる。膣には、ジェミールの指がぐちゅぐちゅ音をさせながら出入りする。

足の指先にまで力が入って、無意識に腰を上げて、ジェミールに押し付けるようになっていることに、フィディアは気が付いていない。

「イキたい？」

「そっ……こで、しゃべっちゃ、だ……めぇ」

ぶるぶると内股が震えて、体中に力が入る。

ジェミールは、ふっと笑って、蕾をチュッと吸い上げた。

「ひ、あああぁぁんっ」

その途端、フィディアは全身をピンと伸ばして達した。

「いい子だ。可愛くイケたな」

ジェミールはフィディアの頬にチュッとキスをして、ゆっくりと体を進める。

イッたばかりの、柔らかくなっていた体がびくんと震える。

「あっ……ジェム。今、イッたばっかりでっ……んんっ」

指とはけた違いの圧迫感が襲ってきて、息がしづらくなる。

なのに、フィディアは思うのだ。

これが、欲しかったものだと。体の奥が寂しくて、もどかしかった熱が、ようやく満たされて歓喜に代わる。

「ああ。胸も触ってほしかったか？」

ぐいっと、一気に入ってきたかと思うと、ジェミールがフィディアの胸を掴んで、片方の胸にがぶりと噛みついてくる。噛みつかれて、舌だけで先端を転がされ、フィディアの体はぴくぴくと反応する。

「は……っ、中がうねって、絞りとられそうだ」

そんなことを言わないでほしい。

びくりと跳ねた体を、宥めるように大きな手が優しく撫でていく。

「ジェム」

もう舌を動かすのも億劫だ。彼以外、何も感じられない。

もっと近くに来てほしいと彼の体に足を絡め、そこにあった尻尾を足で捕まえる。ふわふわなのに、芯がある尻尾を逃がさないように両足で弄ぶ。

フィディアの中のものが、さらにひと回り大きくなったような圧迫感が襲う。

「フィディア。フィディア、フィディア……！」

ジェミールが切羽詰まったように、フィディアの名前を呼ぶ。

フィディアも、呼応して彼の名前を呼び続ける。

彼が抽送を速めると、淫靡な水音はどんどん大きく響いていく。

フィディアは、実際には動いていないのに、ジェミールが奥をついてくるたびに、少しずつ宙に浮いていくような感じがして、必死で彼に掴まる。

そうしないと、どこかに飛ばされていってしまいそうだ。

「ジェム……！　好き！　離れちゃダメ！」

「くっ……！」

ジェミールが呻くような声を出して、フィディアをきつく抱きしめる。

「あああぁっ」

頭の中が真っ白に塗りつぶされる。投げ飛ばされたような感覚に、フィディアもジェミールにきつくしがみつく。

びくんびくんと彼が震えて、ホッと息を吐くのを感じた。

フィディアは、ぼんやりと彼を眺めてから、その逞しい胸に頬を寄せる。

優しく髪を撫でられながら、フィディアは目を閉じる。

「フィディア？　寝るのか？」

どこか遠くでその声を聞きながら、フィディアは眠りに落ちた。

チチチ……鳥が鳴く声と、朝日を瞼の裏に感じてフィディアは目を覚ます。

瞼を開けると、目の前には銀色のフワフワがある。

触ると、ぴょこんと二つ、三角のものが飛び出してくる。

ぼんやりとしたまま、その三角のものを撫でていると、それはぴくぴくと動いて、さらにフィディアを誘ってくる。つまんでみると、今度は大きく動いた。

「フィディア」

咎（とが）めるような声が胸元から聞こえ、見下ろすと、ジェミールがいる。

「ジェム」

起きたばかりの舌っ足らずな声で彼を呼んで、ふふっと声を立てて笑う。

彼がここにいるということは、下の方には尻尾もあるはずだ。

昨日、好きなだけ触っていいと言われた。

フィディアは深く考えることもせずに、ベッドの中に潜（もぐ）ると、彼の尻尾を見つける。

フワフワで気持ちいい。今度は、これに抱き付いて眠ることにしよう。

フィディアはジェミールの腰に手を回して、尻尾を抱き寄せて目を閉じる。

「――フィディアッ！」

ジェミールが自分を呼ぶ声が聞こえるが、まだ眠いのだ。もう少し放っておいてほしい。

尻尾を抱き寄せて頬ずりをするが、尻尾と頬の間に他の固いものの存在がある。尻尾の芯かと思ったが、だとすると、彼が尻尾を二本持っていることになる。

首を傾げながら目を開けると、目の前には、赤黒くそそり立つものが。てっきり銀色が視界に広がると思っていたフィディアは、その瞬間、しっかりと目が覚める。

寝惚けていたせいで、したいと思うことをしてしまった。

そっと見上げると、息を荒らげたジェミールが赤い顔でフィディアを見下ろしていた。

こんな状況でなかったら、殺されるかと思うほど凶暴な顔だ。

「え……と、寝惚けてました。ごめんなさい」

謝っても、彼の表情は変わらない。

フィディアが尻尾と彼自身から離れないことが原因なのだが、彼女は分かっていない。

「まあ、いい」

ジェミールが表情を和らげ、手を伸ばしてフィディアの頬を撫でる。

フィディアもつられるように微笑んで……口の中に入ってきたものに目を丸くする。

「今日は、休みだ。いくらでも時間がある」

「んんっ……!?」

驚いて、舌で押し返そうとしたことで、かえって彼自身を舐め上げてしまった。

「んっ、フィディア」

眉根を寄せて切ない表情のジェミールが喘(あえ)ぎ声をあげる。

もう一度舌を動かすと、ジェミールが目を閉じて息を吐く。

彼のものを口に含むことに、嫌悪感が全くない。それどころか、フィディアまで熱が上がって、秘所が潤んでくる感覚がある。

抱きしめていた尻尾が、ねだるようにフィディアの頬を撫でる。フワフワの尻尾を抱きしめながら、凶暴な見た目とは逆に滑らかな触り心地のそれを深く咥えて舐める。フィディアが舌を動かすたびにジェミールの体は震え、淫らな息遣いが激しくなっていく。

彼を翻弄していることが嬉しくて、フィディアは夢中で舐める。

「もう、ダメだ」

突然、口の中から彼が消える。

気持ちがいいものを取り上げられ、フィディアは抗議の視線を向ける。

ジェミールはそんなフィディアを無視して、体を起こすと、あぐらをかいた足の上にフィディアを向かい合わせに座らせる。

「ほら、耳も尻尾も触り放題だ。俺も」

言いながら、彼の指がフィディアの中に入り込んでくる。

「びしょびしょじゃないか。俺のものを舐めながら感じていたのか？」

笑いながら言われて、フィディアは羞恥に体を赤く染める。

彼を口に含んでいる時は、体の熱が上がっていくことが心地よくて貪欲に求めていたけれど、言葉にされると、なんとも破廉恥だ。

膣に指を入れられ、同時に親指で蕾を刺激される。

「あ、ああっ、ジェム。ん……気持ちいいよぅ」

フィディアは目の前にある彼の頭を抱き寄せて、彼の耳に舌を這わせる。

「ん、ん。ジェム。気持ちいい」

呟くと、胸の先端も彼の口に吸い込まれ、ぴりりっとしびれが全身に走る。

長い舌が、見せつけるように動いて、フィディアの胸の先端を転がす。

ジェミールの視線がフィディアを鋭く捉える。彼の熱い視線が、フィディアを焼き尽くしてしまおうとする。

フィディアはどんな表情で彼を見ているのだろう。熱くて、気持ちがよくて、もどかしくて、おかしくなりそうだ。

「ジェム。もっと奥。奥を突いて。欲しくておかしくなってしまいそう」

指も舌も気持ちがいいけれど、彼が自分の中に欲しい。

彼の熱さを体の奥に入れてほしい。覚えてしまった快感を、フィディアは素直にジェミールに求める。

ジェミールは一瞬呼吸を止め、ハッと鋭く息を吐き出す。

「俺の方がおかしくなりそうだ！」

叫ぶと同時に、フィディアへ彼自身を突き立てる。

「ひあぁっ！」

ずんっ……っと一気に奥まで突き上げられて、フィディアは一瞬でイッてしまう。

けれど、ジェミールは休むこともさせてくれず、ずんずんと突き上げ続ける。

「ダメ、ダメ。もう今、イッたの。これ以上は、おかしくなっちゃ……やあぁっ」

ぐりりっとねじ込むように動かされて、また達する。

全身を震わせながらしがみついてくるフィディアの腰を抱き寄せ、彼女を気遣う余裕すら失くしてジェミールは腰を動かす。

「フィディア……！」

彼女の名を叫んで、唇を合わせる。

フィディアは、力が全く入らない体を彼に預けながら、奥に放たれる熱を感じていた。

少しだけ気を失っていたような気がする。ふと覚醒して、体の不快感にフィディアは眉を顰（ひそ）める。

体中、べとべとする。お風呂に入りたい。お腹も空いた。

だけど、体が動かない。

激し過ぎる快感を経験して、体がだるくて一人で立てる気がしない。

目をくるりと回すと、肩ひじを立ててジェミールがフィディアを眺めていた。頬をゆっくり撫でられて、心地よさに目を細める。

フィディアはすぐ隣に横になっていたジェミールの首に腕を回して、首を傾げる。

「お風呂に連れていって？」

彼に甘えてもいいと知ったフィディアは、その後どうなるかなどとは考えずに、にこにこしながらお願いをした。

ジェミールは目を丸くした後、妖艶に微笑む。

「元気だな。洗いながら、奥に届けてやろう」

……ん？

「そうじゃなくて。お腹も空いたから……」

「今度は口の中に放ってほしいのか？　いいだろう」

……いや？　違うよ？

ジェミールは動けないフィディアと違い、颯爽と起き上がって彼女を抱き上げる。

「お風呂に入って、ご飯食べたい」

誤解を解こうと、ぱしぱしと肩を叩くと、満面の笑みが返ってきた。

「後でな」

確信犯だった。

「朝から耳や尻尾にいたずらされて起こされるなんて。一度で終わるわけがないだろう」

触ったけれど、断じていたずらではない。愛でただけだ。可愛がっている最中に、勝手に口の中に彼自身を入れてきたのはジェミールだ。

「獣人について、もっとじっくりと教えてやらないといけないみたいだ」

目を細めて見下ろされて……じくり、と体の奥がうずいた。

ジェミールがさらに笑みを深める。気が付かれてしまったようだ。

フィディアは恨めしげに彼を見上げて、諦める。フィディアだってまた小さく火がついてしまった。もう、抗えない。

フィディアは機嫌よく振られる尻尾を見て、彼の胸に頬をすり寄せた。

書き下ろし番外編

公爵の一日

番が今日も愛らしい。

ひと月前に結婚披露パーティを開いたばかりの、唯一の番――フィディアの寝顔を見ながら、ジェミールはうっとりと目を細める。

その柔らかそうな頬にキスをすれば、フィディアはくすぐったかったのか、ふにゃっと笑う。

フィディアは朝に弱く、ジェミールの方が随分と早く起きる。カーテンの向こうが明るくなり、使用人が働く音がすれば、ジェミールは目覚めてしまうのだ。

フィディアが来る前は、さっさと起きて剣でも振っていた。しかし、今はそんなもったいないことに時間は使わない。

フィディアが目覚めるまでのこの時間は、彼女の寝顔を見つめることが日課となっている。

髪を撫でて、キスをして、抱き寄せて。

フィディアが幸せそうに微笑んで、ジェミールにすり寄ってくる。

このまま襲ってしまいたいところだが、そうすると、必然的に仕事に遅れるか、欠勤になる。緊急の案件でもなければ、それでも構わないと思うのだが、フィディアにとても怒られる。

怒ったフィディアも可愛いが、口をきいてくれなくなるので、休みの日以外は朝から襲うことはしないようにしている。

愛おしい妻をゆっくりと眺めるだけだ。

その幸福な時間ももうすぐ終わる。

フィディアの起きる時間だ。

フィディアは、ジェミールの隣に立つためだと言って、公爵夫人となるべく一生懸命教育を受けている最中だ。

本来、獣人の番（つがい）に、そんなものは求められない。

番（つがい）は、そこに存在してくれるだけでいいのに。

けれど彼女は『誰にふさわしくないと言われても、私が妻だって胸を張れる自信を持つためだから』と、勉強に勤しんでいる。

いじらしい！　可愛い！　愛してる!!

自分の隣に立って恥じない自分でいるためだと、努力を続ける妻。プライスレス。

結婚披露パーティの前も、たくさん勉強していた。

身内の番を受け入れない獣人などいないと言っているのに、フィディアは、とても緊張していた。

ジェミールの言葉に頷きながらも、万が一の可能性におびえて、それを払拭するために淑女の仕草を身につけた。

ほとんど知らなかった獣人のことを理解しようと、たくさんのことを学んでいた。

そんなフィディアだから、当然ながら、親兄弟家族全員に可愛がられていた。ジェミールが嫉妬に駆られて、フィディアを抱えて一時部屋に閉じこもるほどに。

彼女は日々美しくなる。

何もしなくても、ジェミールを魅了してやまないというのに、努力を重ねて、さらに彼を惹きつけようとするのだ。

そんなに日々愛らしさが増していってしまっては、外に出すのも心配になる。

そして腕の中に閉じ込めて、自分だけのものでいてくれたらいいのにと願う欲求と戦っている。

そんなことをしては、彼女の笑顔が曇ってしまうからしないだけで、フィディアが「働きたくない。ずっと怠惰（たいだ）に過ごしたい」と言ってくれれば、すぐさまそうするだけの権力と財力があるのに。

今のところ、フィディアは楽しそうに学んでいるので、邪魔はできない。

番（つがい）の望みは最優先で叶えたい。しかもそれが、他ならぬジェミールのためだというのだ。

ああ、閉じ込めて独り占めしたい！

脳内で高ぶりつつも、ジェミールは、カーテンから漏れてくる朝日に目を向けて、そろそろ時間だと冷静な判断を下す。

フィディアは、寝坊すると、夜は早く寝なければと相手をしてくれなくなるのだ。死活問題だ。

「フィディア。朝だよ」

優しく、濃厚な口づけで眠り姫を起こす。

「んんぅ……んん～～っっ」

小さな舌を捕まえるように、舌を絡めて、唾液を流し込み、彼女の唾液を舐めとる。

なんとも甘美な……

「ん……はっ、息ができないっ！」

頬を両側に引っ張られた。

「いひゃい」

「ジェムが朝から、こんなことするからでしょ！」

真っ赤な顔で、息を荒らげながら怒るフィディアは、煽情的で、誘われているのかと勘違いするほどだ。

「違うからね！　起きるからね!?」

ジェミールの瞳に欲望の灯がともったことに気が付いたのか、あっという間に腕の中から逃れて起き上がった。

そのまま、振り返りもせずに浴室まで走っていってしまう。

「入ってきたら、口きかないからね！」

ついていこうとしていたジェミールを押し込めて、バタンと浴室のドアが閉まった。

起きていきなり走れる体力があることが喜ばしい。夜は、もう少し付き合ってもらってもいいような気がしてきた。

シャワーの音を聞きながら、朝食の準備をするよう使用人に伝える。

ワゴンが運び込まれて、テーブルセッティングが終わる頃、美味しそうなフィディアが浴室から出てきた。

大きなローブとタオルに包まれた彼女は、齧ったらきっと甘い。

「髪を乾かさないと」

「うん。だけど、ジェムもシャワー浴びるでしょう？　だから……ひ、ゃんっ」

シャワーを浴びたばかりの首筋に舌を這わせ、痕を残す。

どこまで許されるか考えながら、胸の方へ唇を移動していく。フィディアはふるふると小さく震えながら恥ずかしさを我慢してくれている。

シャワーで自分の匂いを落とされた後は、しっかりと舐めて匂いをつけないと安心できないと言った言葉を信じてくれているようだ。

体内にもっと匂いが濃いものを注ぎ込まれているというのに。シャワー程度でジェミールの執着の香りが落ちるものか。

騙しているようになっていることに罪悪感はあるが、シャワーを浴びたてのフィディアを舐めまわしたいのは嘘じゃない。

フィディアは、素直で可愛い。

胸の先っぽが、ピンと立ち上がって触ってほしそうにしている。

しかし……

「ジェム……？　も、いい？」

真っ赤な顔で震える新妻が愛おしすぎて、これ以上したら止まれなくなることが確定なので、諦める。首筋にもう一度キスを落として、浴室へ向かう。

ああ、彼女の中で果てたいのにっ……！


落ち着きを取り戻してから浴室を出ると、すでに朝食の準備ができていた。

フィディアもデイドレスに着替えて、髪も乾かしてもらったようだ。

ジェミールの準備は速い。

フィディアと朝食を楽しんでから、数分で着替えて出仕できる。ぎりぎりまで彼女との時間を楽しまなければいけないのだ。


「いってらっしゃい」

玄関で見送ってくれる妻。永遠に見つめていたい。

そして、行きたくない。

「ジェム？」

どうしたらもう一度ベッドに連れ込めるだろうか。

フィディアの今日の予定を明日に繰り越して……

「真面目に仕事をしてきてください。――閣下」

フィディアから飛び出た他人行儀な呼び方に、ジェミールはびくりと震える。

「今日の予定は取りやめません。閣下はお仕事をなさってください」

「その話し方は嫌だ！」

たまらずフィディアに抱き付くと、くすくすと笑う声がする。

「じゃあ、お仕事頑張ってね？　ジェム」

フィディアは日々美しくなる。

そして、何より、フィディアが、最近、ジェミールに対して遠慮がなくなったことが喜ばしい。……喜ばしいが、少々恨めしい。

名残惜しく、フィディアにキスを落として馬車に向かった。

ジェミールは、将軍という重役を担っている。

国防に関することはもちろん、警備や騎士の登用など、最終決定権を持つ彼のもとには、多くの決済を必要とする書類が集められる。

さらに、訓練を監督し、指導することもある。

厳しい目で訓練を睥睨（へいげい）しながら、隣に立つクインに問う。

「毎日、公開訓練にしたら、フィディアが毎日俺の姿を見学に来られるのではないだろうか」

腕を組んで、表情を変えずに、ジェミールは言う。

「無理です。基礎訓練がおろそかになります。公開訓練は、予算取りのための発表会だと考えてください」

突拍子もないことを言い出す上司に、これまた無表情でクインが言い放つ。

「しかし、フィディアが俺を見て素敵と言うのだ」

「毎日見ていたら飽きます。私のように」

お互い無表情。

隊列を組んで走る兵士たちは、軍法会議をしているかのごとき二人の緊張感に、さらに気合を入れるのだった。

書類をさばいて訓練して、休憩時間など取らずに働き続けて、夕方、ジェミールは帰途につく。

休憩する時間があったら、仕事を早く終わらせて帰りたい。仕事中は、休まないジェミールだった。


夕方、愛しのフィディアのもとに帰る。

急いで帰宅すると、嬉しそうに微笑む天使。

「フィディア！」

両手を広げて抱き付こうとすると、手で制される。

「ジェミール様？　少々お聞きしたいことがあります」

その話し方は嫌だ。

そう思いつつも、早く彼女を抱きしめたくて、話の先を促す。

フィディアはにっこりと笑って部屋に向かう。

フィディアの部屋に入ると、テーブルの上には、ビロードの布張りがしてある美しい箱があった。

「本日、届きました」

そういえば、先日、とてもいい宝石を見つけたのでフィディアのネックレスに仕立ててもらっていた。

箱を開くと、全ての光を吸い込むようなブラックダイヤモンド。それを縁取るプラチナは、繊細に光を反射している。

「いい出来だ。フィディア、あなたによく似合う」

ネックレスを手に取り、フィディアの首に合わせる。彼女の細いうなじにジェミールの色が映える。

「ありがとうございます……だけどっ！　いつもいつも、こんなに宝石は必要ありませんっ」

「ドレスが多すぎるというから、宝石にしたのだが」

「装身具も、多すぎます！」

フィディアが怒って見せるが、彼女を自分の手で飾り立てたいと思う気持ちは止まらない。何より、彼女がジェミールの色を纏うことを喜んでいることを知っている。

ジェミールがうっとりと彼女を見つめていると、困ったように笑って、もう一度「ありがとう」と言われた。

話は終わったのだろうか。では、抱きしめよう……と思ったところで、

「では」

フィディアの声が低くなった。

「……これは、どういうことかしら？」

フィディアが指した先にある大きめの箱。

見覚えのあるそれに、ジェミールは耳がぴんと立ってしまったことを感じた。

ジェミールが固まったまま動けない前で、フィディアは箱を広げて中身を取り出す。

「こんなに下着……というか、これって下着、なのよね!? どうしてこんなにいっぱい買ってくるの!!」

取り出して、まじまじと見て、フィディアの頬が染まる。

その表情だけで、ジェミールが臨戦態勢になっていることに彼女は気が付かないのだろうか。

マシャー商会厳選の品々だ。

ドレスを仕立てるたびに、下着を持ってくるのだが、どれもこれもジェミールの琴線に触れるものばかり。とても仕事ができる商会で喜ばしい。

「もちろん、フィディアに着せて悦ぶ」

本当は、侍女に頼んで着せてもらおうと思っていたのだが、どうやら見つかってしまったようだ。

それはそれで。恥ずかしそうにする妻、プライスレス。下着はどうにかお願いして着てもらおうと思っている。

「着ないわ！」

「いやだ！　フィディア、愛してる！」

「そ、そんなこと言っても、だめ！」

「フィディア！」

二人でじゃれあっていると、ユキアが夕食の準備ができたと伝えに来る。

その後は、夕食を取って、できれば一緒に湯あみもして、ずっとフィディアを抱きしめていられる。最上の時間だ。

フィディアは疲れて気を失うように眠りにつく。その後、甲斐甲斐しく世話を焼き、彼女を抱きしめてジェミールも眠りにつくのだ。

また明日の朝、彼女を見つめる時間を楽しみにしながら。

愛され上手は程遠い!?
雪兎ざっく
ETERNITY

ETERNITY
Rouge

本書は、2020年12月当社より単行本として刊行されたものに書き下ろしを加えて文庫化したものです。


この作品に対する皆様のご意見・ご感想をお待ちしております。

おハガキ・お手紙は以下の宛先にお送りください。

【宛先】

〒150-6008 東京都渋谷区恵比寿4-20-3 恵比寿ｶﾞｰﾃﾞﾝﾌﾟﾚｲｽﾀﾜｰ 8F
（株）アルファポリス　書籍感想係

メールフォームでのご意見・ご感想は右のＱＲコードから、
あるいは以下のワードで検索をかけてください。

ご感想はこちらから

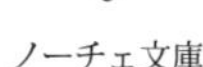

ノーチェ文庫

獣人公爵のエスコート

雪兎ざっく

2023年4月30日初版発行

文庫編集－斧木悠子・森 順子
編集長－倉持真理
発行者－梶本雄介
発行所－株式会社アルファポリス
〒150-6008 東京都渋谷区恵比寿4-20-3 恵比寿ｶﾞｰﾃﾞﾝﾌﾟﾚｲｽﾀﾜｰ8F
TEL 03-6277-1601（営業）　03-6277-1602（編集）
URL https://www.alphapolis.co.jp/
発売元－株式会社星雲社（共同出版社・流通責任出版社）
〒112-0005 東京都文京区水道1-3-30
TEL 03-3868-3275
装丁・本文イラスト－コトハ
装丁デザイン－AFTERGLOW
（レーベルフォーマットデザイン－ansyyqdesign）
印刷－中央精版印刷株式会社

価格はカバーに表示されてあります。

落丁乱丁の場合はアルファポリスまでご連絡ください。

送料は小社負担でお取り替えします。


ISBN978-4-434-31947-1 C0193